中阿典籍互译出版工程
مشروع تبادل الترجمة والنشر بين الصين والدول العربية

معلقات من الشعر العربي

悬 诗

[古阿拉伯] 乌姆鲁勒·盖斯等 著
王 复 陆孝修 编译

五洲传播出版社

图书在版编目 (CIP) 数据

悬诗 /(阿拉伯)乌姆鲁勒·盖斯等著；王复,陆孝修译. --
北京：五洲传播出版社，2024.1

ISBN 978-7-5085-5101-2

Ⅰ. ①悬… Ⅱ. ①乌… ②王… ③陆… Ⅲ. ①诗集－阿拉伯半岛地区 Ⅳ. ①I371.2

中国国家版本馆CIP数据核字(2023)第179272号

出 版 人：关　宏
责任编辑：杨　雪
装帧设计：管　斌
内文设计：高　洁

悬诗

作　　者：	乌姆鲁勒·盖斯等（古阿拉伯）
译　　者：	王　复　陆孝修
出版发行：	五洲传播出版社
地　　址：	北京市海淀区北三环中路31号生产力大楼B座6层
邮　　编：	100088
发行电话：	010-82005927，010-82007837
网　　址：	http://www.cicc.org.cn，http://www.thatsbooks.com
印　　刷：	北京市房山腾龙印刷厂
版　　次：	2024年1月第1版第1次印刷
开　　本：	710 mm × 1000 mm　1/16
印　　张：	13.25
定　　价：	68.00元

代 序

阿拉伯古诗中的珍品——《悬诗》

人们对于阿拉伯世界的最初印象，大抵来自童年时代读过的《一千零一夜》中的迷人故事。年岁渐长，好奇的触角往往会在阿拉伯的书籍中或土地上进一步探索：饶有兴味地寻找夜出私访的国王——哈伦·拉希德的足迹；倾听咖啡馆里关于沙漠骑士安塔拉的说唱……千百年丰富的文物古迹，交织着细腻情感的东方奇闻轶事，一切的一切，莫不令人感到阿拉伯世界的文化遗产如谜一般神秘莫测。

阿拉伯文学是历史悠久的阿拉伯文化遗产中极为重要的组成部分。但一般来说，除了脍炙人口的《一千零一夜》和《古兰经》外，阿拉伯文学留给人们的印象，轮廓十分模糊，而人们对阿拉伯文学起源的了解，则少之又少。

"和其他大多数文学一样，阿拉伯文学也是以诗歌的突起开始的。所不同的是，阿拉伯诗歌一出现就表现了高度的成熟性。"[①]

[①] 参见基布《阿拉伯文学简史》12页，陆孝修、姚俊德译，人民文学出版社，1980年版。

阿拉伯诗歌的突起表现在，公元六至七世纪的百年间，抒情古诗进入了一个大发展时期。在这个时期里，典型的闪族人民在自己的诗歌（"格西特"）里把本民族的艺术天性发挥得淋漓尽致。阿拉伯诗歌的成熟性表现在，这百年间，阿拉伯诗歌——伊斯兰教以前时期主要的文学表现手段——韵律的标准化已宣告完成；"格西特"长诗作为唯一完备的诗体，经过一个时期的发展，已经完全成熟；有成就的诗人相继在阿拉伯半岛北部创作出至今享有盛名的一大批诗歌，作为其典范的《悬诗》就是这批长诗中的代表作。经过百年的陶冶，诗歌已深深植根于阿拉伯人民的生活中，潜移默化地影响着他们的思想，塑造着他们的性格。阿拉伯文学史上第一个诗歌的黄金时代由此开始。

（一）歌谣——抒情古诗"格西特"——《悬诗》

从久远的时代起，阿拉伯半岛中部和北部荒瘠的平原上已经居住着贝都因牧民。气候条件、社会矛盾和部族内部的斗争迫使牧民不断迁徙或离开半岛，这就是伊斯兰教以前时期诗歌发展的历史性土壤。最古老的诗人的作品可以上溯到五世纪末。从这时起到七世纪中叶，半岛北部涌现出一种鲜明生动的诗歌，这种诗歌，既有丰富的形象，又有独创性，这就是伊斯兰教以前时期的阿拉伯抒情古诗——"格西特长诗"。

长期流传的口头文学是"格西特长诗"的基础。那时，诗歌不是少数知识分子的奢侈品，而是政治或文学唯一的表达媒介。各部族都有自己的诗人。他们既是本族的明断者以及和平保卫者，又是战争中的斗士。牧民找新牧场时，会找他们商议；

搭营帐时，也会听凭诗人吩咐；找到水源时，诗人带他们引吭高歌；在战斗中，双方都会成为诗人抨击、嘲讽和夸耀的对象。总之，诗歌是阿拉伯人民的武器。

除上述的泉水歌、战争歌以及赞美偶像的诗歌之外，早期还有若干诗体使用极为广泛而且较为独特，如自夸诗（夸耀自身勇猛、高贵出身、慷慨品德以及族人业绩）、讽刺诗（讽刺讥笑敌人无能）、哀歌（以夸张、对比手法歌颂死者的高贵品质，以抒发内心哀思）、颂诗（描写君王、族长、勇士的道德功勋）和一种有韵无律的"塞及阿"韵文。在百余年的时间里，伊斯兰教以前时期的诗人以这些发展了的歌谣和短诗为主题，完成了语言精纯洗炼的"格西特长诗"。

从时间上说，高质量的长诗和短歌、韵文间肯定是有一段发展距离的。但半岛上至今没有发现任何碑文，也无古代的羊皮纸可据，故无法推测其时间长短。根据九世纪前后布赫吐里和艾布·泰玛姆汇编的《坚贞诗集》、九世纪语言学家伊本·古泰白的传记词典《诗歌与诗人》、十世纪诗人艾布·法拉吉的《诗歌集成》以及六世纪三十年代"白苏斯"战争中第一首问世的"格西特长诗"来看，目前可以认为，六世纪初叶是阿拉伯诗歌的第一个黄金时代的黎明。此后，直至今日，这类诗体仍然是诗人创作所沿用的主要体裁。

要了解《悬诗》，必先明白什么是"格西特长诗"。因为《悬诗》就是"格西特长诗"中的精粹。

阿拉伯辞典学家把"格西特"解释为"有艺术效果（或意图）的诗歌"。也就是说，"格西特"是古代诗人将若干种短歌进行有目的的组合，让它们在新创的诗歌中按固定次序依次出现。

我们对"格西特长诗"的"定型者"乌姆鲁勒·盖斯的《悬诗》进行分析，可以看到，一首"格西特"大约有五十至一百诗行，包括如下几个主题(部分)：第一部分是引子（开篇），描写沙漠营地和情人故址。荒芜的景色使诗人对景怀旧，思恋逝去的欢乐和昔日聚居的亲人。第二部分以"纳西勃"（情诗）作为全篇序幕。这个主题旨在赢得听众心声，为全诗的展开铺平道路。在这部分里，诗人为情人离别而忧郁，为强烈的感情和希冀而痛苦。诗中也有描写情人的美貌和娇姿以及梳妆打扮的内容，但要注意的是，这类情诗只是长诗中的一个艺术因素，绝非感情上的真正表白。当确信诗歌已引起听众的注意之后，诗人便在第三部分中将笔锋转向旅途中的"沙漠之友"——骆驼，精心赞美它的快捷、耐力和雄姿，同时也导出对大自然、暴风雨、山洪的描写。最后的第四部分是"格西特"的真正主题：讽刺敌人无能的讽刺诗，自夸力量雄伟、夸耀族人光荣、歌颂头人神勇的自夸诗或颂诗。

每首"格西特"当然不一定严格遵循上述四个部分的格式，诗人可以增加某些诗体，如和格言相仿的道德警句、箴言性诗体（祖海尔的《悬诗》）、饮酒歌（伊本·库勒苏姆《悬诗》的引子部分）或其他文体的短歌等。

（二）什么是"穆阿莱葛特"？
为什么把它译作《悬诗》？它又是如何收集的？

伊斯兰教以前时期的"格西特"或歌谣是通过多种方法保存下来的，其中职业化的诗歌传诵人"拉维"对于传承的帮助最大。这些传诵人经过毕生的努力，一口气可以背诵数十首甚至数百首长诗。有一本介绍七首《悬诗》的书就是八世纪伍麦叶王朝的一个传诵人兼诗歌收集家哈马德收集的。据说，"穆阿莱葛特"这个词也是他首先使用的。这个词首先出现在公元九世纪后半叶的一本收有四十九首古诗的《阿拉伯诗集》中。这四十九首诗被平均分成七组，每组都有一个奇特的标题，"穆阿莱葛特"就是第一组诗歌的标题。

"穆阿莱葛特"虽已在九世纪流传，但它的题意却已失传。国内外普遍把它译作"悬诗"，主要取自十世纪伊本·阿卜杜·拉比的解释。拉比在他的诗集《单珠集》中写道："六至七世纪，一些名诗人在阿拉伯半岛欧卡兹集市一年一度的赛诗会上朗诵他们的作品，入选的佳作用金水抄写在埃及细麻布上，挂在天房神殿内。"阿拔斯王朝的伊本·拉希格（1053年卒）和著名学者伊本·赫勒敦（1046年卒）等都采用了这个解释。他们把"穆阿莱葛特"解释为"挂着的东西"。

还有另外一些意见，如与拉比同时代的文学家奈哈斯认为，伊斯兰教以前时期，半岛上的君王、头人们每当听到一首好诗时，总会说："记下来！"（阿利葛哈）他在这里把动词"阿利葛"解释为"记录"，"穆阿莱葛特"也由此派生。

近代英、德、法等国的东方学家莱伊尔、尼可尔森、诺尔但克、阿诺德、琼斯等都同意第一种意见，但同时提出另一个假设："穆阿莱葛特"是从名词"欧勒葛"派生的。"欧勒葛"意为"最珍贵的东西"或"享有较高评价的东西"。其他观点还有从《古兰经》中引意的，但都不如前三种贴切合理。

总之，自十世纪拉比注释了这个名词后，"穆阿莱葛特"已家喻户晓。国内沿用的词意"悬挂的"也为多数人采用。我们今天将其译作《悬诗》,即源于此。随着阿拉伯文学研究的发展,有些阿拉伯学者趋于否定"悬挂"之意,而接受"珍贵"的解释。

(三)七位《悬诗》作者及其诗歌的艺术性

在一百二十五位阿拉伯古典诗人中,根据其诗歌的价值来评价,只有不到四分之一的诗人享有盛誉。这四分之一诗人中又只有十二位被认为是佼佼者。他们绝大部分是《悬诗》的作者。

公认的《悬诗》共七篇(后期有学者将其增补至十篇),其作者是:乌姆鲁勒·盖斯、塔拉法、祖海尔、赖比德、安塔拉、伊本·库勒苏姆和希里宰(增补的三人为拿比厄、艾厄夏和霍推吉)。

下面,我们按作品先后,分别将七位《悬诗》作者及其作品的艺术性加以简要介绍。

(1) 乌姆鲁勒·盖斯(约500年—540年)。阿拉伯人把乌姆鲁勒·盖斯看作是伊斯兰教以前最伟大的诗人。盖斯是也门贵族后裔,父为艾塞德族国王,诗人的童年和幼年是在奢侈的生活环境中度过的。幼年的盖斯就已显露诗才,游戏时每每出口成章,成年后更吟诵了大量爱情诗歌。其父竭力阻止他吟诗,发觉无能为力时,便把儿子逐出家门。盖斯在沙漠中漫游,终日与流浪者狩猎、游吟。一天,他得知父亲被杀,便立志复仇。初战失败后,他游说迦萨尼君主出兵。在迦萨尼国王推荐下,盖斯千里迢迢到东罗马帝国首都去搬兵,取得了拜占廷国王贾斯廷的信任,但在带兵返回途中被国王毒杀。

十世纪《诗歌集成》的作者艾布·法拉吉及《悬诗》的收集者哈马德首推盖斯为"格西特"抒情长诗及其所有特征的创造者,而《悬诗》是他最杰出的作品,中世纪的阿拉伯人认为这是一篇无法比拟的杰作,甚至是艺术的标尺。当他们要评价某件诗作的优劣时,往往会说:"这比'停下吧,朋友,让我们哭泣'更美。"① 直到今天,在阿拉伯国土上,几乎人人都能随口吟出这一诗句。

全诗包含三个独立部分。第一部分照例是开篇:诗人目睹荒芜的遗址,回忆他在那里经历的爱情和别离。第二部分专门叙述他的恋爱史:和情人欧内依泽在塘边的会面。第三部分描写沙漠中的生活,如夜景、狩猎、马匹、雷雨等。爱情和自然是盖斯《悬诗》的两大主题,通过这两点,描写形形色色的人和物,再现苦难和希冀、激情与淡泊相交织的心路历程。总之,诗歌唤出了阿拉伯沙漠绚丽灿烂的诗情画意。

除爱情这个主题外,阿拉伯人认为这首诗也是写景抒情诗的杰作,诗作对自然环境的描写准确、简洁而洗练,但又不是大自然了无生气的翻版。

诗中偶尔能听到诗人对命运的诉说,能感觉到诗人在灵魂上产生的痛苦,但总体来看,诗中大量的笔触是欢快的,其形象化的描述既不是象征主义的,也不是讽喻的、拟人化的联想。

诗中的明喻和隐喻俯拾皆是:情人的泪珠像"无情的利剑",动人的双颊像"盈盈净水中的驼鸟卵",垂腰的发辫像"串串的椰枣"。最有趣的是说污泥中挣扎的雄狮恰似"一颗根须毕露的葱头"……

---

① 盖斯《悬诗》第一诗行。

在艺术形象的创造上，盖斯利用阿拉伯词汇铿锵有力的特点以及反复使用辅音和拟声法构词，获得了特殊效果。诗人描写马匹时，特别运用诗句尾韵的某些辅音的组合，使人感到马蹄声似乎在耳际迫响：

> 它进退矫疾驰骋腾越，
> 像激流中的巨石坠自山岗。
> 宽脊背上的鞍座猛地掀翻，
> 如卵石自雨中的飞瀑间迸出。
> 精壮的机体里沸腾着青春活力，
> 划裂长空的嘶鸣犹如锅水沸腾。
> 并肩疾驰的群骑已然力乏，
> 铁蹄在坎坷的道上拖起漫天尘土。
> 唯有我的神骏轻捷地踏破征途。
> 年少的骑手滑跌在地，
> 老将的征袍也被抛落。

在盖斯的诗歌中，我们可以看到在整个古典时期被普遍使用的众多诗体和格式。

（2）塔拉法（约543年—569年）。这位诗人短促的一生中，大部分时间都过着离乡背井的流浪生活。他出身巴林群岛附近的白克尔游牧部族，幼年生活顺利，父亲死后，他跟随叔叔生活，后投身希拉王国国王帐下。他生性耿直，写了一些针对统治者的讽刺诗，因此被遣送回巴林，并处以死刑，时年二十六岁。

塔拉法留传的诗篇极少，最负盛名的是他的《悬诗》。他备受压迫，被强夺了继承权，这是这篇长诗创作的原动力。诗人在这里谴责族人及兄弟的不义，夸耀自己的品德。

长诗按"格西特"式，开始描写荒凉的宿营地和情人，继而赞美骆驼并自吟，哲理部分有格言。在这里，诗人为短暂的生命以及瞬息荣华的宇宙万物进行辩解：

> 我看那守财奴的墓地，
> 与挥霍者的坟场一样；
> 宽石圈起的坟茔里，
> 两抔黄土压上长石一方。
> 死神索取慷慨者的身躯，
> 也不曾把悭吝人遗忘。

收尾部分(也是精华部分)，诗人反驳他兄弟的诋毁，在情人面前努力为自己剖白，强调自己的勇敢和美德——"为部族而战万死不辞"；申斥不义和贪婪，表达了一种愿望，即"时光将会证实他是正确的"。

在这个痛苦的诗人的诗歌中，也出现了一定程度的伊壁鸠鲁（享乐主义）的成分。

> 啊，因参战和纵乐而诅咒我的人呦，
> 难道"改邪归正"会使我永生不亡？
> 你们既然无力使我免遭劫数，
> 何不任我恣意挥霍走向死亡？

塔拉法表达感情的严谨的文体是他的诗歌最有价值的部分。

他对于比喻的运用也是很成功的，其比喻往往恰如其分，具体又生动，同时富有诗意：

> 柔滑的双颊如沙姆的羊皮纸，
> 分裂的双唇似也门的熟皮张，
> 铮铮眉骨下掩藏着一对明眸，
> 森森然清澈明亮似积水深潭。

每个文学时代的阿拉伯学者都对塔拉法的作品给予高度评价，人们把塔拉法看作杰出的诗人，认为其诗情调和哲理的深度远胜其同行。和盖斯相仿，塔拉法的作品对阿拉伯古典诗歌的发展产生了很大影响。

（3）祖海尔（530年—627年）。祖海尔是半岛北方厄脱番族人。这位诗人写下的诗歌，被阿拉伯人视为古代杰出的作品。

祖海尔是典型的贝都因诗人，主要写颂诗。他的诗歌有强烈的部族感。他热爱和平，希望本族振兴。他毕生致力于调停各族的纷争，故有和平缔造者之美名。他的《悬诗》是献给两个可贵的族人哈里斯和哈里姆的。据说，这两个族人为调停部族间的长期战争不惜耗尽家财，偿付三千头骆驼给仇人作血金。

从创作实践看，祖海尔能做到在思想、言行、交谈中贯彻理性的教益———一种朴素的、近乎本能的理性。他以对新生活抱有信心、建立和平和美德的信念写诗立说，故被人称为理性诗人。但他的理性并不妨碍他在艺术上运用比、兴手法以及运用形象思维进行创作。他被公认为伊斯兰教以前时期最杰出的描写诗人之一,在运用艺术形式的手法上甚至比盖斯更胜一筹。诗歌创作要求夸张的形象,这种夸张不仅要写出事物的表象,更要具体化,有血有肉,更易为贝都因人所接受。祖海尔总是用摄影机般的精确度表现他在生活中目睹的一切,包括时间和地点以及风景、气候、植物、动物。在这种精度下,后人可以更准确地把握阿拉伯人历史性思想的变化。诗人还精于使用隐喻。有趣的是,他在一首诗中描写泪流如注时,竟用了"蛙龟争相出水渠,跃上树桩防溺毙"这样的比喻,把渠水比作泪水,水量之大,连蛙、龟都怕淹死,这在比喻中恐怕是绝无仅有的了。

祖海尔诗歌的最大特点是大量并恰如其分地运用格言和警句。后人多以这些格言作为行动的规范并以此了解贝都因社会的政治状况。

古今评论家把阿拉伯诗人分为两大类。一类是自然主义派,一类是技巧派。从创作技巧看,祖海尔属后者。诗人以严谨的韵律,反复推敲后入诗的词句,成为技巧派的大师。为此后人往往将技巧派称为"祖海尔派"。

阿拉伯现代评论家邵基·戴伊夫在《论诗歌艺术及其流派》一书中援引了历代评论家对祖海尔的评价:"作诗时明智安详,不为欢乐所滋扰,不为激情玩忽。古诗至祖海尔最终定型,即:有开篇,有题材,有收尾。人们不复感到诗行中有沟堑迷津,不会再看见盖斯和塔拉法诗中大段强入的题材和情景。"

(4)赖比德(523年—661年)。赖比德被认为是伊斯兰教以前时期最后一位贝都因诗人。尽管他活了一百三十多岁,目睹了穆罕默德出生、宣教和逝世,亲眼看到穆斯林跨出阿拉伯半岛,但作为一个诗人,他的作品依然被划归到伊斯兰教以前时期。关于这个高龄老人,有许多传奇的说法。他在630年改信伊斯兰教以后,再也没有创作过诗歌。

赖比德的最佳作品是《悬诗》。虽然开篇也是情诗,但全篇绝大部分内容是纯粹的田园生活写照。据说,这首《悬诗》一发表(朗诵),就博得了评论家的赞赏,立时被挂在天房的大门上。

(5)安塔拉(525年—615年)。在《悬诗》诗人中,安塔拉的成就属于特别突出的。这个人物的特性隐没在传说的云雾里,激励着中世纪的阿拉伯诗人创作一首又一首史诗。

安塔拉是阿比西尼亚女奴的儿子,本是一个奴隶。在一次外族入侵时,安塔拉表现出非凡的神勇,因此获得了自由民的称号,并擢升为将领。然而,他还是遭到族人的嘲讽,他心目中的情人——堂妹阿布莱也依然对他投来异样的目光。这使他终生郁郁寡欢。

安塔拉以一首《悬诗》作为对本族武士嘲笑自己出身的反击。全诗申诉族人对他的不公正,歌颂自己的英勇,描写堂妹的妩媚。但无论安塔拉对她如何忠心耿耿,这位千古英雄只能以贝都因的阿基里斯告终。

《悬诗》的开篇是传统的主题:看到了阿布莱过去的宿营地,引出对于情人美貌的描写以及对于情感的倾诉:

啊,别离……
当她那皓洁的贝齿和一点绛唇
深深地俘获了你的心,
亲吻的滋味胜似甜润的蜂蜜。
温馨的鼻息犹如商贾轻启麝香宝匣,

预示着玉人已悄然临莅。
又如一片芳草地,骤雨初洒新绿,
萋萋牧草上哪见半点践踏的痕迹。
芳草地上,
雨点宛如片片银币溅龙潭,
潺潺细流漫浸着黄昏的美丽。
万物静谧,唯有蜜蜂在嬉戏,
轻颤的嗡鸣恰似迷醉的酒徒,
扑在杯觞边惫懒地哼唧;
…………

诗中用大量的篇幅历数自己的功绩,赞美贝都因人的性格:

我忽而腾起高大的神骏,
焕发出灵魂中的刚强坚毅;
忽而劈开枪丛剑网,
将高举强弩的顽敌荡涤。
英武的骑士们会告诉你:
我出生入死,身经百战,
品德高尚,浩气经略,
从不贪那不义之财,去疯狂抢劫。

安塔拉的诗歌是纯表现性的。这些诗歌通过词汇的选择、安排和声调的混合,获得了惊人的效果。如描写情人时遣词温柔、优美;描写骆驼时选用模拟快跑的声音;描写战场则采用刀剑的叮当声来表现。

历代阿拉伯文学家都把安塔拉描绘成一个长胜武将,屡建赫赫军功,同时,他也被描绘成被压迫者的卫士,一个高尚的富有人道主义精神的人物。

(6)希里宰(475年—578年)和伊本·库勒苏姆(572年—610年)。伊斯兰教以前时期诗歌的贝都因倾向同样体现在这两位《悬诗》作者的作品中。他们两人的名字与敌对的白克尔族和塔厄里布族的战争是分不开的。

白族和塔族为世仇,双方都求助希拉国王杏德为仲裁人。国王要求双方当面朗诵长诗,以诗歌的优劣定战争胜负。伊本·库勒苏姆为塔族代表,他夸耀塔族,但伤了希拉王的自尊;希里宰却驳斥对手,夸耀仲裁人的智慧,最后赢得了胜利。

希里宰的《悬诗》尽管不如伊本·库勒苏姆,但也被列为阿拉伯修辞学最古老的典范之一,"赋"在这里占有相当的比重。诗人在叙述本族英雄业绩时搜罗辩论的依据。事迹都是在幻想和经过修饰的"历史事件"的基础上形成的,而诗人也沉醉于被理想化的族人的高贵品德和行为之中。

伊本·库勒苏姆是塔族的骄傲。他既是诗人,又是斗士,在战斗中骁勇异常。他在《悬诗》中描写了斗争的曲折,歌颂了本族人民,粗鲁地嘲弄了希拉的君王们。从文学角度看,伊本·库勒苏姆的《悬诗》是他留传的诗作中最大众化和最成熟的作品。伊本·库勒苏姆的《悬诗》使人想起英雄史诗的本色,他不重于写个人英雄,而重于颂扬部族的勇敢与顽强。

（四）《悬诗》的成就和影响

1. 《悬诗》的思想成就

（1）《悬诗》所处的时代是阿拉伯诗歌史上第一次大丰收的时代，《悬诗》就是这个时代的代表作。它充分反映了阿拉伯原始公社制度没落崩溃时期的社会经济和人民生活状况。诗中提及的人物，有酋长、国君、大臣、宫廷贵族、没落的王公、武士、游牧人以及形形色色的妇女，涉及的范围极为广泛。人民用自己的诗歌表达了是非和爱憎，这和后期宫廷派诗歌一味歌颂君主的倾向根本不同。在伊斯兰教以前的阿拉伯半岛社会里，诗人本身就是人民中重要的一分子，那时，各部族有自己的诗人，他们既是人民中的成员，又是部族中的仲裁者，既是知识分子，又是牧民。他们可以自由地说出自己的感想，吟唱未经书写的诗句。沙漠生活创造了诗歌，产生了"格西特"和《悬诗》，诗歌又反过来赋予阿拉伯人以道德观。这种道德观虽然建立在部族共同的血缘关系上，并坚持只有血缘关系才是神圣不可侵犯的，但它最终变成了种种氏族制度间一条无形的纽带。无论有意识还是无意识，它已经成为民族间感情上共通的东西。

（2）伊斯兰教以前时期的诗歌反映了偶像崇拜社会中阿拉伯人崇尚的高尚美德和高贵品质。阿拉伯人对自己血统的纯洁、宗谱的高贵以及口齿伶俐、慷慨好义、诗歌优美、宝剑锋利、马种优良等等莫不感到无限的骄傲。这些都是诗歌歌颂的绝妙题材。他们歌颂勇武、力量、丈夫气概；他们赞扬守信、践约；他们崇尚忠义，不是对上级的忠心，而是对同族、同辈的忠诚，任何家庭或部族，如有陌生人借住，就意味着主人要承担起保护的责任；他们讲诚信，要求族人在艰难时世中无条件地站在部族一边；他们爱报血仇，血债一定用血来还。被害者可以报仇，也可以接受对方偿付的赎金。《诗歌集成》中便有盖斯·本·哈梯姆为祖辈报仇的美谈。

（3）《悬诗》生动地反映了这一时代人民的爱情、婚姻生活和妇女的地位。《悬诗》中的情诗部分尽管已经成为一种诗歌体裁，却也歌唱了爱情的欢乐、离别的痛苦和对美好生活的憧憬与追求。在阿拉伯阶级社会的历史中，这个时代是爱情最为自由的时代。男女双方的勇敢、忠贞、乐观、热爱自由等品质，在爱情的波澜激荡中闪耀出动人的光辉。这里值得一提的是从早期的"格西特"和后来的《悬诗》中反映出来的伊斯兰教以前时期妇女的社会地位和影响。贝都因妇女，不论在伊斯兰教以前时期抑或伊斯兰教初期，都享有若干自由，那是城市妇女无法比拟的。她们的社会地位较高，影响较大，有选择丈夫的自由（见安塔拉《悬诗》），婚后如受虐待，还可以自由回归本族。她们不是丈夫的奴隶和动产，她们唤出了诗人的灵感，激励武士的征战。欧洲中世纪的骑士游侠风气可以上溯到多神教时期的阿拉伯半岛，所谓在马背上寻找险象、营救蒙难的妇女等，都是伊斯兰教以前时期阿拉伯人的基本思想。唯一不足的是，《悬诗》中常以酣畅的笔墨对女性的体态、美貌进行充分的描写，但极少在道德上赞美她们。

以上三点，大致可以反映出伊斯兰教以前时期阿拉伯社会的本质。虽然反映的深度不足，也不太平衡，但基本上勾画出了时代的轮廓和面貌。我们可以说，《悬诗》及早期的"格西特"是早期阿拉伯社会生活的百科全书，这些诗歌具有反映现实的深度、广度和极强的真实性，因此在文学与社会学方面都有着极为重要的地位。从文学上说，《悬诗》及其同期的"格西特"是阿拉伯现实主义和浪漫主义诗歌的基石。千百年来，阿拉伯各个时期的诗歌正是在这样的基础上滋长、繁荣的。

2.《悬诗》的艺术成就

《悬诗》时代是阿拉伯诗歌史上第一个黄金时代。在这以前，阿拉伯诗歌不仅缺乏成熟的诗体，也缺乏完整的语言。这里再集中谈谈《悬诗》在诗歌形式和语言上的艺术特点。

（1）诗歌形式。《悬诗》除集古代独立诗体（如情诗、讽刺歌、自夸歌、颂诗等）于一身外，更有了长足的发展，获得了完美的文体形式。例如：源自古代部族作战时威胁性的呐喊或带符咒意味的讽刺歌，到了"格西特长诗"中发展出了独立的风格，自然而优美。贝都因诗人利用它回击敌人的进攻，燃起听众心中对敌的怒火。另一种来源于恸哭的哀歌，到这时发展成为怀念亡故族人或亲友间表述哀思的诗体，主要歌颂死者的德行和高贵的品质。上述两种诗歌和自夸诗一样，把自己和部落融为一体，理想化的英雄代表的是全部族的勇猛，这样，部族的利益被人格化，人物也投进了集体的概念中。我们完全可以认为《悬诗》时代的"格西特"，特别是哀歌和自夸部分，已经在一定程度上展现出英雄叙事诗的萌芽。但由于散乱的部族，缺乏普遍的共同利益，缺乏形成民间史诗的民族意识，缺乏创造性的神话（叙事诗的基本结构之一），因此类似《伊里亚特》的史诗在这个时期没有获得发展机会。到了七世纪中叶，阿拉伯半岛在宗教背景下一统天下后，史诗就再不可能出现了。

（2）人物造型。伊斯兰教以前时期的贝都因诗人与部族亲密无间，诗人在人物造型的构思以及生活和美学的评价中，都无法逾越部族的界限。诗人和部族的结合以及和族人精神上的一致性，决定了他的生活观点和意识。《悬诗》中某些例子（如安塔拉的自夸、盖斯的多情等），可以让我们从中判断诗人的个性、感受、人生阅历以及造或这种思想境界的主观因素。诗人看到宿营地后的怀旧和哀伤情绪，没有必要和他个人的怀乡或不幸混为一谈，前者的悲伤纯粹是一种因袭的创作方法，在诗作是不可或缺的。

（3）风格。从《悬诗》的风格来看，贝都因诗人从未以奔放的幻想、思想的独创或深远的概括来使听众留下深刻印象。诗人在逐渐展开传统的格式时，只是单纯追求表达的精确、描述的真实、语言的简洁洗炼，以期超过前辈或对手。所以，那个时期诗歌的特色是简洁生动。诗人往往采用省略法摈弃听众容易理解的东西，力求内容的简洁精悍。强烈的凝缩、集中地刻画生活，是伊斯兰教以前时期诗歌的特色之一。诗人们善于用简短的几行诗表现一系列的画面，反映迅速变换的贝都因生活面貌。

（4）比兴。《悬诗》中比、兴的修辞技巧已达到相当的高度，在七首诗中俯拾皆是。这种通过日常生活素材的对比发展出来的生动描写，构成了阿拉伯古代诗歌无比妩媚的特点。盖斯在《悬诗》中描写的夜"已挺起胸脯，舒展着肥臀上惫懒的腰肉"，"星星像深蓝色鹅绒上的金钿"。没有在沙漠中生活过的人是很难体会诗中描写的清澈、明净沙漠中的夜空的。

（5）韵律。《悬诗》中的用韵形式是值得注意的。韵律在第一个黄金时代已获得充分的发展，全部韵律沿用至今。阿拉伯的诗韵都是以"拉吉兹"为基础的,这种短长格诗韵在数量上类似希腊语或拉丁语。也就是说,二者都根据不等音节进行交替。一定数量的长短音带组成一个音步,两个或三个音步组成半行诗,中间有停顿的两句半行诗组成一句诗行(贝依特)。根据长短音节的交替,阿拉伯诗歌中出现十六个韵律。阿拉伯语言学家认为,这些韵律是根据游牧人骆驼行进的节奏演变而来的。通常使用的韵律是宽韵、长韵、简韵、完韵、跑韵、轻韵、近韵、满韵。长韵和宽韵略显冗长,但比较感人,深为诗人所爱。古典阿拉伯诗歌的尾韵是独韵,这是规律。出于这个原因,诗歌往往以尾韵命名,如沙恩法拉的"良姆诗"(即"沙漠之歌")所以被定名,是因为每行诗末都是以阿拉伯字母"良姆"为尾韵的。

3.《悬诗》对后代诗歌发展的影响

谈到《悬诗》对后代诗歌的影响,不能不先谈伊斯兰教以前时期抒情诗已经出现的两种主要倾向:一种按常规叫贝都因派诗歌,其诗人多半出身于部族中的贵族家庭,像姆海勒希勒和乌姆鲁勒·盖斯这类和部族头领有亲属关系并参与夺权斗争的也并不少见。但无论是贵族出身抑或权贵的亲属,他们和牧民的关系都很亲密。公元六世纪的七名《悬诗》作者以及五世纪的沙恩法拉和塔昂拔塔·夏拉都是最负盛名的贝都因派诗人。

另一种诗歌出现在部族内部关系日益减弱、封建主义抬头的时期,我们把这一派叫作宫廷派诗歌。这时,原来贝都因诗作中粗犷、自然、清新的特色逐渐褪去,诗风变得矫揉造作。及至八世纪以后,伊拉克、埃及和叙利亚的多数"格西特"作品已蜕变为一种墨守旧风、模拟仿古的诗体。由于部族权势衰微,宫廷派诗人的活动便转向半岛的小封建主或邻国宫廷，诗人们希望在这些地方找到立足点和支持者。随着伊斯兰教的传播以及哈里发宫廷的建立和发展，宫廷诗歌日益昌盛，成为后来阿拉伯文学的主要倾向。

《悬诗》闪耀着现实主义的光辉。它的精神、文体和韵律都对后来的诗歌产生了极大的影响。这种影响是多方面的，其中最主要的是现实主义精神，其次才是技巧、形式和语言。

最先继承《悬诗》风格的是七世纪末期伍麦叶（倭马亚）王朝的三位在艺术造诣上可与大师们并驾齐驱的诗人。其中艾赫塔勒是库勒苏姆和拿比厄的真正继承人。他的描述部族的长诗和赞颂伍麦叶王朝的颂诗，重现了伊斯兰教以前时期诗歌的精神。其他两位诗人是法拉兹达格和吉里尔。他们的对口诗歌比赛（纳高伊特）深得库法和巴士拉城镇部族人们的喜爱。诗歌发展至此，"格西特"虽然仍是诗歌艺术的试金石，但诗歌中伍麦叶的情趣同伊斯兰教以前时期质朴淳厚的主题已经越来越不相适应了。

阿拔斯王朝被誉为第二个黄金时代。他们的颂诗和讽刺诗体裁多样，文字流畅简洁，但可以看出人为技巧已经兴起。王朝最卓越的诗人是艾布·努瓦斯。他的酒诗中机智的颂词、不留余地的讽刺诗、粗线条的情诗以及精于用词的贝都因行猎诗，又一次复活了"格西特"的风格。但自然派的贝都因诗歌至此已告结束，努瓦斯成为阿拉伯传统中最后一个自然派行吟诗人。

最后要说到的是二十世纪初继巴鲁迪之后被称为"复兴派"的埃及的三位诗人：邵基、哈菲兹和穆特朗。他们是最后一批为维护古典阿拉伯诗歌简洁、庄严、雄伟的古诗形式而做过贡献的诗人。复兴派诗歌反对绮丽，力求恢复古风，即以集体的名义讲话，把自己完全融化在社会中，成为社会的一面明镜。但他们并不是无原则的复古主义者，他们的诗歌也不是前人的翻版。复兴派写出了人民对政治、社会、宗教等社会生活的改革要求。其中邵基更是投身民族主义的革命运动，流放回来后，创作了许多移风易俗、解放妇女的诗篇。

（五）各国对《悬诗》的出版和研究

1780年10月4日，英国律师、诗人、语言学家威廉·琼斯给他的朋友爱德蒙·卡德莱特写了一封信，信上有这么一段话："为匆忙选举我们业务上的一名负责人，我不得不将两件小作品的翻译工作推迟到下一个假期，而我原本是想利用这个假期弄完的。其一为……；其二为《穆罕默德以前时期阿拉伯人的习俗》。这篇论文写的是六世纪初的七首诗歌，它们当时分别用金水写成，挂在麦加天房墙上。一俟拙作印就，当即呈上，请予指正。诗文字字珠玑，举世皆知。"这是目前已知的最早将七首《悬诗》译成外国语言的尝试。该英译本于1783年初问世，全书印刷精美，除七首译诗外，还有对希姆雅尔和古莱什方言的介绍、作家生平简介以及引导读者理解《悬诗》优美特性的文章。

1820年，阿拉伯语版的单首《悬诗》注释本在巴黎出版。

1823年，在英国东方学家马修·卢姆斯登的建议下，印度学者毛拉维·拉希姆、伊本·阿卜杜和克里姆·萨非波里在加尔各答出版附有注释的七首《悬诗》的英语全译本。

1850年，德国东方学家阿诺德在莱比锡出版名为《阿拉伯古诗奇珍—〈悬诗〉七首》的德译本，并附有祖泽尼注释的德语译文。

1894年，英国东方学家C.J.莱叶尔爵士在加尔各答出版被认为具有划时代意义的十首《悬诗》全译本。

1903年，英国东方学家布隆夫妇出版名为《偶像崇拜时期阿拉伯的七首金诗》的英译本，被认为是较好的译本。

英、德、印各国还分别出版过几种规模较小的译本供教学参考，如1870年，W.阿赫尔瓦特在伦敦出版的名为《阿拉伯古典诗人》一书中，收录了盖斯等人的五首《悬诗》；1877年前后，约翰逊在孟买为印度学生翻译了一本直译的《悬诗》集。

上述这些主要版本，无一不从各方面介绍了阿拉伯《悬诗》这一古典作品的历史价值和伟大意义，对于深入研究阿拉伯古典文学起到了很大的促进作用。它们有的（如琼斯的译本）对作者生平做了详细的考证；有的（如布隆译本）对伊斯兰教以前时期的诗歌发表了专论；有的（如德译本）附加了八世纪阿拉伯语言学家祖泽尼的注释；还有一些学者，如阿·古·阿尔布雷更详细罗列了各国学者译文之所长，撰文进行分析比较，并将作者生平结合阿拉伯古代历史写成故事性的文学传记。有些译著收集了现代阿拉伯古典文学研究中对《悬诗》及古代诗歌持怀疑态度的个别意见，博引阿拉伯作家和英、法、德等欧洲东方学家的观点，对上述怀疑论予以驳斥。这场讨论不仅把对《悬诗》的研究扩大到世界范围，更把这项工作深入、持久、扎实地开展起来。

与国外相比，长期以来，我国对古代阿拉伯文学的研究和介绍有待系统与深入，专题研究尚处在开始阶段，更谈不上广泛。

以诗歌的研究来说，数十年来只有少量应时应景的作品（如《阿拉伯人民的呼声》《约旦和平战士诗歌集》《胜利属于阿尔及利亚》《沙比诗选》等），不见系统完整的译作或论著。新千年以来，仲跻昆教授的《阿拉伯文学通史》（2010）、《阿拉伯现代文学史》（2004）和《阿拉伯古代文学史》（2015）相继出版，为我国对于阿拉伯文学的系统研究开了一个好头，我们选择这个题材也源于此。

国内刊物上有关《悬诗》的介绍和诗歌的节译最早出现在1934年，当时马宗融在《文学季刊》一卷四期上简单介绍了《悬诗》，并附上了他节译的安塔拉的《悬诗》；1996年，杨孝柏主编的《阿拉伯古代诗文选》中有七首《悬诗》的句译欣赏；仲跻昆译的《阿拉伯古代诗选》和论著《阿拉伯文学通史》（2010）中，也有对《悬诗》七位诗人及其诗歌的介绍。除此之外，《悬诗》，无论是七首还是十首，在国内至今还没有全译本。

本书的初稿完成于1986年，但因各种原因，未能及时付梓。今天，在得知出版条件成熟并通读译稿时，三十年前翻译七首《悬诗》的情景历历在目……

都说"译诗是不可为之事"，我们认为这句话是从诗韵的角度来说的。思想译得出来，情感译得出来，但两种语言的音韵之美是无法转递的。为了破解这一难题，我们进行了一些新的尝试，在七首诗中，有两首诗的译文除了以自由体体裁表达外，还以中国古体诗的形式和格律进行了试译。这也就是乌姆鲁勒·盖斯和祖海尔的《悬诗》在自由体译法之后附有七言古体诗的原因。

其次，为了把一种目前对中国读者尚为陌生的文学形式尽可能进行翔实介绍并使其具有可读性，书中每首《悬诗》都附上了作者生平、创作背景、艺术风格以及国外研究动态的介绍，希望能进一步帮助读者对阿拉伯古典文学有个粗浅的了解。

中世纪的一位阿拉伯语言学家说过："诗歌就是阿拉伯人的记录册，它保存了过去的共同记忆，赋予当前转瞬即逝的现实以连续性的意义。"伟大的艺术家必然会在现实生活中发现新事物，在艺术上用前所未有的思想、感情和方法表现这种新事物。《悬诗》的新颖独到之处，在于其思想和艺术都具有历史发展的特点，弥散出伊斯兰教以前时期的时代气息。

1986年6月初稿
2015年5月于北京

乌姆鲁勒·盖斯

流浪王子

故事发生在阿拉伯历史上有可靠记载的年代前……

公元539年一个初秋的夜晚,博斯普鲁斯海峡上空彤云密布,闪电不时勾勒出海峡西岸君士坦丁堡查士丁尼皇宫参差的剪影。这座公元前七世纪古希腊人修建的名城历尽千余年风霜,依然雄踞在海峡的入口处,成为东西方的咽喉要地。

如今,拜占庭帝国又在大兴土木,国运蒸蒸日上。

夜色中,一骑快马驮着一个贝都因装束的骑士在城内唯一的石板道上疾驶。只见他穿过大拱门,掠过行将竣工的巍峨的阿基亚·索菲亚大教堂,踏上内城护城河的吊桥,消失在宫墙的暗影里。

骑士立即被召见。踌躇满志的拜占庭君王查士丁尼快速读完了来自千里外的迦萨尼王国哈里斯国王的引荐信,不禁抚颊沉思。他久已秘密筹划消灭汪达尔人,进军意大利的粮仓,一俟时机成熟,即可发兵。如今的来信又在他眼前展现出一幅即将插足西亚的大好局面。但是,如何对付宿敌、波斯的萨珊王朝呢？这个心腹之患如能加以利用……他瞧了一眼站在红地毯上的贝都因骑士，陷入了回忆……

　　六世纪前，原始公社制度在阿拉伯半岛自南而北逐渐解体。陈旧的部落制被部落成员和上层特权阶层之间的斗争摧毁了。无家可归的牧民结合成掠夺性集团，向北越出半岛，不时袭击定居民。西亚地区东西对峙的拜占庭和波斯，在努力保护美索不达米亚的边境地区免遭游牧人袭击时，都采用了把阿拉伯移民组织起来形成缓冲线的方法。其结果，就是出现了四世纪初两河流域叙利亚沙漠边陲上的赖赫米王国和五世纪末巴勒斯坦边境东邻小小的迦萨尼王国。迦萨尼臣属拜占庭，赖赫米是波斯属国。由于宗主国之间存在摩擦，属国间也进行着无休止的战争。

　　今天，查士丁尼召见这个贝都因骑士时，就在考虑利用迦萨尼或半岛中部贝都因人的势力去遏制波斯，扩大罗马帝国的版图。想到这里，他不禁又看了一眼来信竭力推荐的这个风尘仆仆的骑士。眼前的来客体态匀称，两眼炯炯有神，黝黑的皮肤配上亚麻色的缠头和赭色格子带襟骑装，显得潇洒、俊秀、清逸。难道这就是名闻半岛的流浪王子、诗人乌姆鲁勒·盖斯？他挑得起这副重担？

　　乌姆鲁勒·盖斯是一个外号，这个人本名叫霍恩度基·本·霍吉尔·本·哈里斯，出身于也门南部的著名部落铿迪王族。公元二世纪部分族人北迁伊拉克、叙利亚一带，在希拉建立了赖赫米王国。盖斯的祖父曾逐走蒙吉尔，短时期统治过赖赫米王国，几个儿子也被封为半岛各族的大酋长。盖斯的父亲在阿萨德族当酋长,盖斯就是在这个环境下长大的。

  幼年的盖斯聪敏过人,能即席吟诵诗句。青年时期,他受叔父、名诗人姆海勒希勒的影响,苦学诗歌。父亲知道他吟诗游乐,不理政务,就像一般君王听到子女爱上文学那样,十分震怒。一次,父亲狂怒之下,竟下令门客莱比阿将盖斯处死。门客与盖斯素有交情,私下放走王子,回去杀了一头小鹿搪塞了过去。翌日,国王深悔自己一时冲动,看到儿子安然回宫时,他高兴得笑出声来,重赏门客。尽管这样,盖斯依然爱好诗歌,父亲最终还是将他逐出了家门。

  从此,盖斯开始了在各部族间的流浪生活。漫游的生活,广泛的人际交往,大大地激发了他的诗才。从他的诗集和《悬诗》的一个又一个片断中,可以看出他豪爽率直、急公好义、放荡不羁的性格:

> 多少幸福的日子和姑娘们嬉戏,
> 最难忘的朱尔朱里永留脑海里。
> 我宰杀了乘驼献给纯贞少女,
> 女伴们争驮我的行装和鞍具。
> 饮酒掷肉,开怀畅饮,杯盏狼籍。
> 满天飞舞的驼峰和脂膏,
> 恰似绢绸的边穗,层叠有序。

  朱尔朱里塘边的爱情故事是这样的:盖斯爱上了堂妹欧乃依泽,朝思暮想要与她为伴,但苦无机会。一天,族人提起驮架,备上骆驼,迁居牧场。男子骑马在前,妇女、奴仆和辎重尾随在后。

盖斯一见这个情景，知道欧乃依泽一定和她们在一起，便紧随不舍。当队伍经过一个叫达尔·朱尔朱里的池塘时，她们下驼喝散了奴仆，脱去衣服跳进水里。盖斯心生一计，趁她们不注意的时候，拿过她们的衣服团作一堆，并坐在上面，高呼道："以主发誓，躲在水里的，我不发她衣服，谁过来拿，我就给。"但是，那些女人谁也不肯出水。天黑了，姑娘们怕再拖下去到不了新营地，便一个个走了上来。欧乃依泽再三央求他把衣服扔过来，但盖斯坚持要她自己来取。妇女们一拥而上，朝着盖斯连捶带打，叫道："你可把我们害苦了，让我们饿肚皮。""那好吧，如果我杀了骆驼，你们敢吃吗？""当然敢吃！"盖斯马上抽出佩剑，宰了骆驼，割下肉。奴仆们生起一堆大火，把最好的肉块抛在炭火上，大伙欢欢喜喜吃了一顿烤肉宴。要动身的时候，一个妇女说："我来驮他的鞍垫。"另一个说："肚带和鞍子归我。"就这样，众人分提了盖斯的行囊，只有欧乃依泽不作声。盖斯一见，便说："好吧，我的公主，我只剩空身一人了，你带着我吧。"说罢钻进了她的驼轿。

  这个被逐出家门、从未受过父亲疼爱的小儿子，在德蒙绿洲听到父亲被族人杀害的消息时，不禁记起了迁往内志前全家在也门的美好日子。报告噩耗的使者到来时，盖斯正和一个朋友边饮酒边玩十五子棋。他听后先不动声色，抓住朋友的胳臂喊道："掷吧！"朋友掷下骰子，走了一步棋。盖斯说："我不想废了你这步棋。"然后，他才转身向使者询问详情。他伤心地说："我年幼的时候，父亲听任我日益消瘦，如今我已长大成人，他却对我十分关心。"他耸耸肩又说："今天不戒酒，明日还痛饮；今朝有酒今朝醉，明日动手干大业。"他纵酒痛饮七天七夜，第八天早上,他发了重誓:为父报仇,要杀一百个阿萨德族人,剃光另外一百人的额发;不达目的,不喝酒,不吃肉,不用香膏,不近女色。

盖斯聚集人马,备足武器,立志向叛变的部族开战。进军路上,有一天,他投宿在离麦加还有七天路程的塔巴部族那里。塔巴族人奉一块被称作祖哈索米的白石为尊神。上路前,盖斯在白石前占卜。他拿过箭筒,只见里面有三支箭,上面分别刻着"前进""停步"和"等待",他摇了箭筒,但三次都抽到"停步"。他气得抓出箭来一折为二,掷在偶像脸上,大骂:"要是你父亲给人杀了,谅你就不会挡我道了!"

经过艰苦的战斗,盖斯终于为父亲报了仇。但不久他发现,周围的盟友都抛弃了他,更麻烦的是,原先父亲手下那些谋反的臣民又从蒙吉尔三世那里得到了武器。蒙吉尔很希望阿拉伯人消灭这个王族,因为盖斯的祖父曾杀过赖赫米族人。这时盖斯手下士兵离散,人困马乏,他也被敌兵追赶,孤身只影在各部族间漂泊。一次,他被敌人追逐了几个昼夜之后,逃到帖曼地区,躲在一个叫贝尔德的古堡里。凄苦的生活,茫茫的前途使他不时仰天长叹:

夜,自天顶撒下无边的帷幕,
如万顷碧波,纯净澄澈。
旧忧新患,咬得我满心酸楚。
夜,幽蓝深邃,正挺起胸脯,
舒展着肥臀上惫懒的腰肉。
我对景伤怀,抚膺长叹:

"长夜！你何时带来黎明？"
可是晨曦给我的还是痛苦。
长夜啊，难道河汉里的繁星，
真被拴牢在山顶的磐石肚？

古堡里有一个叫塞姆埃尔的犹太族阿拉伯人。盖斯向他倾诉衷肠。塞姆埃尔劝他复仇振业，并修书一封，让他去见拜占庭在叙利亚的弄臣——迦萨尼的瘸子哈里斯。为了远行的安全，塞姆埃尔把世代传家宝——五层的黄金锁子甲送给了他。在一个伸手不见五指的黑夜，盖斯缒城而出。到了迦萨尼，哈里斯又让他去见君士坦丁堡的查士丁尼，推荐信把他说成是一个胆略过人、远胜查士丁尼群僚的阿拉伯勇士。

查士丁尼深深地看了一眼跟前这个一心想收复祖传王国的青年，命令他先退下休息。盖斯在京城住了不少日子。出众的诗才，让他深得查士丁尼的欢心。半年后，他被委任为巴勒斯坦省长。查士丁尼还拨出一支大军，交由盖斯支配。盖斯复仇心切，将省长职务弃之不顾，于公元540年率军东下。

盖斯离京远行后，查士丁尼宫廷内意见纷纭，争执不下。反对派列举了盖斯利用君王好客欲勾引公主的行为。多疑的查士丁尼也回忆起为这位阿拉伯王子饯行那天，盖斯确实曾用华丽的诗句反复赞美公主的美貌。为了惩罚这个敢冒天下之大不韪的异乡来客，他派人送去一件绣金披风，另附一信，信上说："送上我常穿的这件披风以示敬意。收到后，为了幸福，请常穿用，并望随时报告征战各地的佳音。"披风在剧毒的药汁里浸泡过，盖斯穿后不久，长了一身脓疮，在极度痛苦中死去。

希拉国王哈里斯探听到他的宿敌已客死安卡拉,并把价值连城的黄金锁子甲还给了塞姆埃尔,立刻派人让塞姆埃尔交出宝物。这位言而有信的犹太人不同意,推说铠甲已转赠故人,如今只是受托存放我处,不见故人的信物,不能毁约另给他人。他把自己锁在堡垒里,拒不见来人。一天,他儿子出外狩猎,归途上被来使俘虏,这个兴高采烈的来使推搡着面前的囚犯,对着老人得意地叫道:"看看这是谁?如不速将金甲交我,马上将他处死!"父亲冷冷地回答说;"我决不食言,客人存放的财物不能交给你。"来使大怒,手起刀落,砍下了塞姆埃尔儿子的脑袋。这则故事使塞姆埃尔成为阿拉伯人眼中绝不动摇的忠诚典范。谚语"像塞姆埃尔一样守信"源出于此。

盖斯死后,声名远扬。他当年吟诵的诗句传遍了整个阿拉伯半岛,不少佳作流传至今,成为后人研究阿拉伯古典文学的重要资料。

盖斯的《悬诗》

停下吧,朋友!让我们哭泣,
情人的倩影又浮现在眼底。
回忆把我带进沙丘席织的营地
——德胡勒、吐地赫、
米格拉吐、郝麦利……
漠漠荒原,疾风肆虐,
犹未抹尽那故地的痕迹。
但见昔日平坦的场院里,
白羚的粪迹像满地的胡椒粒。

眼前依稀是离别日的清晨,
整装的族人雀跃言欢,分手在即。
我独自彷徨在阿拉伯橡胶树下,
默默把苦瓜的籽粒剥离。
悲恸怎能替代似海的情谊,
勒缰的旅伴送来关慰的嘱语:

"莫让忧愁伤透了心。
节制悲哀,身体千万要珍惜!"
唉,唯有涕泪能治愈这满腔忧郁,
但长哭这迷蒙故址又有何裨益?

麦厄赛里巍巍的山峦呵,
镌刻着短暂爱恋的印记。
那是我的情人乌姆·侯威里,
还有她的芳邻乌姆·勒巴意。
她俩起步时,
幽幽的麝香透过掀动的裙裾;
迷人的芳馨,
又像和风送来石竹甜醉的气息。
我喉头哽塞着激情的泪水,
粗厚的剑衣浸透伤心的泪迹。

多少幸福的日子和姑娘们嬉戏,
最难忘的朱尔朱里永留脑海里。
我宰杀了乘驼献给纯贞少女,
女伴们争驮我的行装和鞍具。
饮酒掷肉,开怀畅饮,杯盏狼藉。
满天飞舞的驼峰和膏脂,
恰似绢绸的边穗,层叠有序。

时光记下了欧乃依泽的娇嗔……

那天我钻进她的驼轿里。
"该死的倒霉鬼！"她急了，
"莫不是想叫我走在你身边的沙地里？"
蓦地，鞍滑，轿侧，人倾跌。
"给我下去，盖斯！
你已经压坏了我坐骑的筋和皮！"
"走吧，勒紧驼缰，何必焦急！
别让我与你这鲜嫩的酱果分离。"
夜阑人静，我身旁有
像你这般的重身少妇，
也曾把那哺乳的母亲依偎。
周岁的儿啼令她剪腰欠身，
但另半边仍在我身底下无法转移。

这一天，我永远不会忘记……
你在沙丘后发出了绝情誓言。
法帖梅啊！今世即使再不相见，
也无须这般愠怒娇嗔。
错了！你错认为
你那燃烧的爱会把我杀戮，
你那娇憨的指令会让我屈膝。
如果我的行为话语伤害了你，
那么抛弃我的心吧，无须怜惜。
但你悔恨交加的颗颗热泪，
将如无情利剑直透我胸臆。

这一天，我永远不会忘记……
你的香闺让多少人垂涎欲滴，
但它却是我娇娃的金屋房第。
卫士们狂言要拿我身心血祭，
我却平安地溜过那森严禁地。
静谧的夜空里昴星高高悬起，
仿佛饰带上闪烁的珠宝金器。
我排闼入帏，她正卸妆解衣，
袅娜的身躯裹着薄薄的纱披。
"你呀，啥时改改那股鲁莽劲，
瞧你再怎么穿过那护院禁地？"
我领她蹑足避开前院的沙围，
涉院过帐，翻过一道道樊篱。
只见身后的她正用纱裙衣裾，
抹平拂尽那深浅高低的足迹，
终于来到远处深平的沙窝地。

但见她，眼前美丽的法帖梅，
云鬟初绾，姿姿媚媚蕴羞颜；
纤腰细踝，更见那深情传妍。
她雪腹匀实，掀半襟酥胸微掩。
润滑的肌肤，象牙色的鸵鸟卵
在盈盈净水中映现，
又如炫炫明镜，高挂眼前。

羞转的脸颊和浅浅的笑靥上，
闪动着乌吉拉瞪羚舔犊时
娇怯的目光和柔情蜜意。
她仰起环珠佩翠的玉颈，
现出一副白羚顾盼的傲气。
那垂及腰际的蓬松青丝，
恰似串串椰枣，掩枝蔽叶。
鬓边额前，秀发高高绾起，
辫结巧妙地隐没在发股里。
丰满的腿肚像灌浆的草茎。
那状如笼头的一搦细腰，
瘦岩岩，袅袅婷婷，撩人心田。
清晨，馥郁的麝香片散满被褥，
日头高悬不梳洗，娇妮慵倦。
纤纤十指绵柔，像泽比的青蠋，
更像用舒展的伊斯赫尔树枝
削出的牙棍，根根尖尖。
她娇容的光泽驱散了黑暗，
犹如修身隐士秉烛照夜天。
她傲然站立在童女和姑娘间，
痴汉怎能不爱慕、钟情和眷恋。
村野牧夫，薄情寡欢，风情不解，
唯有我，一腔恋情似火如烈焰。
多少执拗敌手的责备非难，
我断然斥退，情深意更坚。

夜，自天顶撒下无边的帷幕，
如万顷碧波，纯净澄澈。
旧忧新患，咬得我满心酸楚。
夜，幽蓝深邃，正挺起胸脯，
舒展着肥臀上惫懒的腰肉。
我对景伤怀，抚膺长叹：
"长夜！你何时带来黎明？"
可是晨曦给我的还是痛苦。
长夜啊，难道河汉里的繁星，
真被拴牢在山顶的磐石肚？

我背着多少个家乡的皮囊，
肩负起族人的希冀和忧伤。
我穿越无数条干河和荒谷，
但处处都像驴肚皮似的光秃。
狼嚎声声，犹如一个多子女的
输急的赌徒在放声嚎哭。
我对饿狼说：
"我俩手头拮据，命乖福薄，
偶有所得，也都尽情挥霍。
无论谁来耕种我们的土地，
都将在一起永远含辛茹苦。"

拂晓，雀儿还在巢里酣梦，

我已然脚踏晓雾凝露，

沐浴阳光，踏上旅途。

长躯短鬃的骏马，

扬蹄奔上前进的道路。

它进退矫疾驰骋腾越，

像激流中的巨石坠自山岗。

宽脊背上的鞍座猛地掀翻，

如卵石自雨中的飞瀑间迸出。

精壮的机体里沸腾着青春活力，

划裂长空的嘶鸣犹如锅水沸腾。

并肩疾驰的群骑已然力乏，

铁蹄在坎坷的道上拖起漫天尘土。

唯有我的神骏轻捷地踏破征途。

年少的骑手滑跌在地，

老将的征袍也被抛落。

我的马儿纵情奔驰，像顽童手中

捏着线头的旋石，飞转急速。

它有鸵鸟的筋骨，羚羊的胁腹，

捷步小跑时如奔窜的胡狼，

飞蹄纵跃时似腾空的神狐。

后面看，宽宽的胸肋挡着腿间空隙，

修长的尾鬃直直垂落。

它伫立在帐篷一侧，

水滑的脊背如研磨苦瓜的磨石，

又像新娘用的香料捣板，平直宽阔。

那沾上猎物鲜血的前胸，
宛如披散的白发染上了
指甲花的点点腥红。
远处过来成群的牲畜，
母牛活似身披长袍的贞女，
绕圣石时迈着细碎脚步。
又像贵族子弟项间的也门念珠，
珠粒间隔宝石，皂白醒目。
我们挡在牛群前方，
惊呆的母畜举止无措。
我的神骥汗气不蒸，穿插追逐，
转眼间载回了丰饶的猎物。
石板上烤肉成串，菜锅里佳肴待熟，
忙坏了帐下的庖厨和使仆。
待得黄昏时回归营帐，
我再次端详战马伏枥的英姿。
望马首，观蹄足，披缰备鞍，
伴我迎接那霞光灿烂的晨曙。

朋友，你可曾看见？
前方墨云间飞舞的金色闪电，
像冠状积云中晃动的一双玉手，
更像灌足了燃油的隐士的灯盏，
捻芯迸出千万朵美丽的金花。
放眼远方的达里及和奥泽布，

山顶上织起硕大无比的云幕。
它的右侧似乎是盖塔努,
左翼的山头上云海嵯峨。
暴雨后激流冲向库台依富,
摧折了喀乃白勒的巨树;
狂澜吞噬了村庄盖那努,
飞沫把挣扎的羱羊逼下山麓。
泰伊玛村苍翠的枣椰和宫廷,
也只剩下嶙峋危石上寂寥的檐柱。
初雨笼罩下的萨比山,
俨然裹着条纹锦袍的族主。
翌晨,朝霞辉映下的穆吉米山麓,
依然浪花翻滚,浮沫飞逐。
远眺峰巅,犹如一枚纺锤在飞舞。
洪流给沙漠遗下了丰腴的沃土,
奇花异葩将在这鞍形沙谷里催吐,
美景如也门衣商,铺陈那满箱艳服。
清晨,唪鸟被灌下了胡椒美酒①,
嘹亮的歌声响彻宽广的山谷。
夕阳下,浊流茫茫,难以泅渡,
一头落水的雄狮披着泥污的鬣毛,
活像沟里的野葱头,根须毕露。

---

① 据说,鸣禽在清晨灌了胡椒酒,鸣声格外嘹亮。——原注

盖斯的《悬诗》（古体诗体裁）

请君缓起步，尽洒珍珠泪。
佳人窈窕浮热泪，旧地影绰情如故。
狂飙梭织经南北，沙幕难遮痴情处。
残垣颓园羚羊粪，胡椒散粒落地土。
依稀浮现迁徙日，晨辉初迎群芳吐。
披霞独依橡胶树，撕剥苦瓜籽粒露。
情依依，泪如注，伴友勒缰长伫足。
"哀愁多伤人，君当自珍重！"
愁伤染心泪作答，苦泉迸涌流汩汩。
仰首苍天送长叹，故址关情堪悲楚。

麦厄赛里凝爱态，新人旧邻痴情苦。
香风醉寸心，轻拂霓裳舞。
丁香幽幽轻袭人，和风淡淡动肺腑。
爱泉双流漫胸襟，泪湿箭箙沾晨露。

几多良辰伴美景，朱尔朱里欢情殊。
宰驼专侍玉娇颜，美人争载匀担负。
酒肉开怀恣欢谑，软缎皱绸纵乐处。
引颈入驼轿，欧乃依泽微嗔怒。
"君值多咒诅，累我举莲步。"
驼乏鞍滑人双倾："盖斯，速下莫踌躇！"
痴心眷恋对红颜："素手松缰任踯躅。"
千吻万抚初实鲜，莫叫双唇远果脯。
夜阑还登桃李崿，欢娱焉顾襁褓福。
恼恨儿啼母欠身，纤腰剪倚正羞度。

难忘沙丘日，玉容堪愠怒。
天誓绝情语，道是无反复。
"且休娇嗔法帖梅，芳情斩断何须怒。"
孤芳错持矜持意，误认君性善杀戮；
花容娇思传指令，俯首帖耳心甘服。
罢娇颜，息佯怒。
抛出我心自君胸，倘有痛君处。
但逢冰颜泪阑干，染伤心腹双箭入。

绣帐暖阁难奢望，我独悠然良宵度。
将士狂言染我血，我自躐脚轻飞渡。
昴星疏萤静可数，幽蓝鹅绒金饰铺。
含情凝睇傍毡门，薄纱轻笼玉肌肤。
怨声低语情脉脉，嘈嘈切切衷情吐：

"禁卫森严何处躲？
君值少年勇，情痴多莽鲁。"
折花出帐迤逦行，绣裙长裾足迹除。
逾墙涉院蹑足行，沙窝深平作欢屋。

轻攀云鬓百媚生，宫腰双菱传爱抚。
雪腹质丽兰苞洁，明镜映春玉胸酥。
净水微漾育鸟卵，梨花带雨纯无度。
轻推俯就笑靥鲜，护子瞪羚晶莹目。
绵绵裸颈怯金翠，白羚傲主旋首顾。
青丝墨墨中腰垂，鲜枣盈盈深枝入。
发髻轻绾朱颜美，蝉鬓迷隐散缕处。
柔枝新翠是嫩胫，纤腰娉婷风韵储。
日悬懒更梳，香片满床褥。
轻系罗裳娇慵倚，慢启素手凝雪乳。
抽掌牙签秀，展指青蝤蛴。
倩影送辉驱昏暗，隐士秉烛照夜幕。
亭亭玉立女儿群，智者眷恋痴情酷。
轻薄年少弃旧情，唯我衷情似火荼。
谴责如矢纷纷至，速拨力挡举强弩。

夜如波，垂帘幕。
荡来百缕愁，试心肯尝茹。
但见暗夜舒腰身，体躯庞巨展胸脯。
观昂抚膺长叹息，漫漫河汉星长驻。

恰似麻绳缚星身，颗颗紧拴磐石肚。
不尽长夜送晨来，朝愁胜逾夜酸楚。

重担层压皮囊多，慨然命驼尽驮负。
越荒涉谷驴腹地，狼嚎荒漠似赌徒。
言谓饿狼语：
"你我命福薄，蝇利已然挥霍无。
择居我土欲耕耘，饥寒为伴知困苦。"

晨露透，雀恋窝，短鬃长躯扬尘路。
飞流直下巨石迸，急进疾退健步落。
腱韧背滑枣骝赤，鞍落恰似雨石堕。
体轻步捷欢腾跃，鸣嘶裂空长天肃。
群骥力衰蹄疲软，蹴踏硬地烟尘路。
唯此神骏争腾跃，万里驰骋犹劲渡。
忽见掀落新少年，扬尘疾驶骑士乐。
恍惚神矢离弦去，紧绳旋石轨迹速。
秀健鸵鸟腿，紧细羚羊腹。
捷步轻驰小狼奔，飞蹄纵扬似神狐。
胸宽肋阔长帚尾，密垂厚臀近地土。
玉骢背宽毛色亮，新妇研捣香料处。
猎物鲜血染胸前，恰似白发红浆涂。
忽见群牛似贞女，裙裾及地像少妇。
墨雪奔窜竟踏蹄，贵族颈间玛瑙珠。
骅骝飞鞚霹雳闪，群牛寂寂惊相顾。

汗气不蒸步从容，昂首盼睐难追逐。
肴馔满载归，烹调风味殊。
舒心赏悦伏枥姿，叹美赞绝喜满目。
披鞍挽缰静谧夜，伴主露宿迎晓曙。

君见金电低空裂，嵯峨玉山手影绰。
隐士孤灯骤然落，油倾捻爆烈焰舞，
挚友伴坐放长目，两地共织密云幕。
雨帘右落盖塔努，左扫二山龙吟怒。

库台依法激流狂，洪波逆折摧巨树。
雪涛席卷盖拿努，羚羊挣扎随波逐。
泰依玛村遭洗劫，椰枣无影村无屋。
蓬榭敧倾基犹在，高石寂寥存檐柱。
萨比伦山初迎雨，头人华袍辨纹路。

晨曦铺陈翠崖巅，浮沫飞旋纺锤舞。
奇花异葩移荒漠，也门衣商展艳服。
但闻丹谷啭鸟啼，胡椒美酒催歌富。
俯眺遥望谷底渚，泥流漫漫难泅渡。
忽现洋葱根须露，笑指沉狮泥衣著。

关于盖斯的《悬诗》

迄今为止的阿拉伯人都把乌姆鲁勒·盖斯看作是伊斯兰教以前时期的第一流诗人，是古典诗歌"格西特长诗"的主题及特征的创造者。

盖斯的创作生涯可以分为两个阶段。父亲在世时，他的作品以爱情猎奇和描写自然为主。他的《悬诗》和大部分作品都是这个时期的产物。父亲去世后，王国倾覆，诗人转变成一个坚强勇敢的战士，这时的诗歌多写复仇或赞扬，感谢援助者。

盖斯的诗歌大部分是描述自身沙漠旅行和游猎的经历，只有几篇短诗是歌颂恩主和诋毁仇人的。女人在他诗篇中占有相当的比重。哲言、格言、自夸和争誉等伊斯兰教以前时期十分普遍的主题都很少见。诗歌中以《悬诗》最为杰出。中世纪的评论家们都认为这是当代无法比拟的杰作，是艺术的准尺。他们要评论某件诗作时，往往会说：这比"停下吧，让我们哭泣"更美。

传说这篇不朽之作是他怀念情人欧乃依泽时写的。

全诗可分为三个部分。

第一部分：诗人目睹荒芜的遗址，回忆昔日的爱情和离别。

第二部分：展现朱尔朱里塘边及其他的爱情传奇。

第三部分：描写流浪途中的见闻，如夜、狼嚎的山谷、马匹和行猎、闪电、山洪。

爱情和自然是盖斯《悬诗》的两大主题，通过这两点，描写形形色色的人和物，再现不幸与波折、希冀与成功相交织的心路历程。诗歌唤出了阿拉伯沙漠绚丽灿烂的画面。描写牛群时，他把牛群比作部族少女，及地的长尾像轻拂的裙裾。惊逃时，黑头白身，错杂相间，像是玛瑙和珍珠相间的项链。他形象地描写雷电，雷电在云层里闪亮，像交缠的双手，又像暗夜里隐士的孤灯跌翻在地，刹那间烈焰迸裂，金蛇飞舞。诗人一生大部分时间生活在沙漠的自然环境里。他对自然环境的描写准确、简洁、洗练，在千篇一律的贝都因生活中找出崇高的意境，却绝不是大自然了无生气的翻版。

盖斯的爱情抒情诗是典型的贝都因情诗，十分肉感，但没有任何色情或浅薄的语言。这一点与那些受到拜占庭和波斯文化以及宫廷奢侈生活影响的诗作绝然不同。他用和情人对话以及夹杂着肉体描写的形式表现自己爱情的猎奇。

强烈的浪漫主义色彩是盖斯作品的艺术特点。盖斯的文体不拘一格，喜欢采用形象化的描写手段。他描写自己的马匹："它有鸵鸟的筋骨，羚羊的胁腹，捷步小跑时如奔窜的胡狼，飞蹄纵跃时似腾空的神狐。"这种形象的描述既非象征主义，又非讽喻比方。拟人化以及联想互比是他常用的手法。诗人在穿越驴肚皮一样寸草不生的荒谷时，感觉嚎叫的野狼像一个输急了的赌徒。他对狼说："我俩手头拮据，命乖福薄，偶有所得，也都尽情挥霍，无论谁来耕种我们的土地，都将在一起永远含辛茹苦。"寥寥数语，不仅道出了自己流浪颠沛的生活，也刻画出饿狼走投无路的形象。

盖斯善于运用取材于贝都因生活或沙漠自然的隐喻和转喻。如描写夜色时，他把夜比喻成一头猛兽，伸展着庞大的体躯，这是十分贴切的。他把少女的皮肤比作鸵鸟蛋（象牙玉色）；在洪水中没顶的雄狮，浑身泥污，犹如根须毕露的葱头……诗人的笔成了度量尺，既可以用以表达最细微的语意，也可以展现最广阔的范围，读来自然流畅、出神入化。

盖斯在古代诗人中具有无可争辩的影响力。他的诗歌第一次系统地展现了"格西特"长诗若干主题的安排。阿拉伯整个古典文学时期的诗体和格式亦源出于此。蒙昧时代祖海尔和塔拉法（两位著名的《悬诗》作者）就是这类诗体的模仿者。中古时期的诗人艾布·拿比厄、艾布·努瓦斯、布赫吐里等人也模仿并发展了他的诗体。

最早开始收集盖斯诗歌的学者是杰出的语言学家伊斯玛仪勒（831年卒）。他说："我们拥有的全部的盖斯诗歌是从哈马德那里通过口传得来的，只有极小一部分来自艾布·阿穆尔、伊本·阿提。"在查证伊斯玛仪勒作品的准确性之前，我们必须先来看看他依据的另两个权威。哈马德是最早收集这七首诗歌的人。

伊斯玛仪勒，739年出生于巴士拉的一个贫苦的阿拉伯人家庭，当时在朝的是伍麦叶王朝的希沙姆，也是巴士拉和她的姊妹城市库法发展成穆斯林世界学术中心的时候。伊斯玛仪勒在世时，阿拉伯语法以及韵律学已有了扎实的基础。他就读于韵律和辞典编纂的鼻祖海里尔·伊本·艾哈麦德（791年卒）门下时，伍麦叶王朝被推翻，阿拔斯王朝起而代之，新王朝的首都也由大马士革迁至新建的巴格达，那里也迅速成为伊斯兰学术中心。一则有趣的故事说明了伊斯玛仪勒如何博学多识：哈里发艾敏的大臣法德尔·伊本·莱比阿要试试伊斯玛仪勒和欧贝德（著有两百多本关于语言学的著作）的高下，一次，他问这两位学者，他们写的有关马匹的著作有多少，欧贝德声明，他的著作不下五十篇，而伊斯玛仪勒却只有一篇，大臣吩咐拉过一匹马来，请欧贝德说出马身上的每一部分，欧贝德辛辣地回答说，他是一个语言学家，不是兽医。轮到伊斯玛仪勒时，他走向前去，用术语从马的前额一直说到四肢和骨骼，每一处都有阿拉伯古诗为证，大臣大为赞赏他的博学，把这匹名马赠给他作为礼物。

不仅大臣对他的学问大加赞赏，国王哈伦·拉希德也对他有极高的评价。一次，哈伦宣他进宫让他对两个多才的女宫廷总管进行口试。考试结果是一个发音好，但不全面；另一个经过《古兰经》、语法、句法、诗歌的测验后，伊斯玛仪勒向国王汇报成绩："从未见过如此博学的女人，她应当是个男人。"

国王杰尼法尔·伊本·叶海亚也对伊斯玛仪勒表示钦慕。一天，他问伊斯玛仪勒有没有妻室，答案是没有。国王又问他有没有女奴，伊斯玛仪勒说："有一个管家务。""想不想我给你一个漂亮的姑娘？"国王一击掌，一个妩媚的女子走进房里。"她是你的人了，带她走吧。"国王说。伊斯玛仪勒高兴得连连道谢，但出乎他意料的是，姑娘流下了泪珠。"恩主，"她叫道，"你想用这个五八怪老头子来骗我？"杰尼法尔可怜她，便问伊斯玛仪勒是否可以用一千个迪那尔金币赎回这个姑娘。"我无所谓的。"伊斯玛仪勒回答说。女郎转忧为喜。国王向伊斯玛仪勒承认姑娘做了令他扫兴的事,他要处罚她,现在又认为这样做太过火了。"唉,你为什么不早说呢?"伊斯玛仪勒嬉笑抗议说,"今天我来这里前,刮了胡子,戴上了缠头巾。早知如此,我应当按我本来面貌来见你,她要见了我的本相,一辈子也不会做出让你不痛快的事了。"

后来,哈里发学者麦蒙在巴格达成立了"智慧之家"(也有人将其译为"智慧之屋"或"智慧馆"),希望伊斯玛仪勒从巴士拉去拜访他。尽管伊斯玛仪勒已经年老体衰,但这位君王还是不时收集一些难题请他解答。813年,麦蒙接其兄艾敏的王位时,伊斯玛仪勒已是七旬老人,他大约死于当年。英国东方学家查理·莱叶尔在他的阿拉伯古典诗歌译本中指出,作为古诗的诠释者,伊斯玛仪勒几乎收集了全部古诗,编纂了伊斯兰教以前时期六位名诗人的作品。1870年伦敦出版的《阿拉伯古典六诗人集》就是这部作品。

伊斯玛仪勒收集过六首《悬诗》。他自夸能背诵一万六千余首短长格韵诗。他从不满足于从别人手中拿来的学问。无数的故事都讲述了他如何出入贝都因腹地的经历。无疑,这是查验核证老一代诗人作品中有关语言、地理、动植物、部族事迹、风格、地方俗语的上好材料。留存至今的伊斯玛仪勒的作品有关于马、驼、野兽、椰枣树、风雨和古代游戏的描述,这些记载为后世的词典编纂提供了极大帮助。

之后,莱叶尔的学生舒克里出版了一册盖斯诗作的校订本,同时代人阿里吐西写了序言。在十至十一世纪时,许多学者如安达卢西亚的白塔尔尤西（1100年卒）、波斯的梯布里齐、叙利亚的伊本·纳哈斯等都对盖斯的诗有注释和摘录。盖斯的诗作在阿拉伯诗歌史上占有重要的地位。首先对盖斯诗歌进行整体研究的现代学者是法国人巴仑·麦克哥克金·德·史拉，1837年，他出版了盖斯诗集和伊本·海力康的译诗；德国诗人烈德里茨·罗克特在1843年的译本《盖斯——诗歌王子》中广泛地介绍了盖斯诗歌的艺术成就；贝塔尤西的注释本1865年、1890年和1906年三次在开罗出版。埃及学者哈桑·塞多比在1930年也出版了新的修订本。

塔拉法·本·阿布杜

上帝爱谁？

乌姆鲁勒·盖斯的政敌蒙吉尔三世在希拉王位上的继承者是阿穆鲁·本·杏德，他得到这个命名是因为他母亲名叫杏德——迦萨尼王国（也可能是铿迪王国）的公主。杏德是一个基督徒。目前仅存与她有关的出现于十二世纪的一座碑文中，她被尊为"基督的使女，基督仆人的母亲，基督众仆的女儿"。

说起这个国君阿穆鲁，尽管母亲声称他信仰的是最温顺的宗教，但他却是一个残暴不义的国王，为此，他也得到了"火夫""碎石机"的绰号。唯一值得一谈的是他爱诗歌。希拉王国在他统治期间（554年—569年），宫廷里常麇集着文学家和学者。

公元564年的一天，阿穆鲁同意青年诗人塔拉法·本·阿布杜和他的叔父、诗人穆塔拉米斯回半岛东南部原籍省亲。他们两人多年来一直受阿穆鲁的保护。出发前，国王在他们两人手里各放了一封介绍信，把他们引荐给巴林总督："拿上这封公函，交给艾布·克里勃。我嘱咐他好好款待你们，对你们的服务给予嘉奖。"

两人出发了，满心期望能得到一件中意的礼物。叔父毕竟年岁大，多了点心眼，没走多远，他就掏出信，对侄子说："你年纪轻，阅历少，我了解这个国王，他一贯背信弃义，加之过去我们两人还都写诗骂过他，我真怕他在信里写了不利于我们的话，还是拆开看看，写得好，就完成使命；万一不利于我们，有危险，把信扔河里算了。"可是塔拉法不同意启开国君的封印。经过希拉河的时候，他们遇到一个看起来很聪明的孩子。

"孩子，你认字吗？"穆塔拉米斯问道。"我会念。"孩子回答。"给我们读读。"孩子接过信朗声读道："当我的手书由穆塔拉米斯交给你的时候，砍掉他的手足，把他活埋……"这句话已经让老人难以承受，于是他把信扔进河里。"塔拉法，你的信一定和我的完全相同。"他警告他侄子。可是塔拉法有一股执拗劲，他信赖他的宫廷保护人，所以没有理会叔父的劝告，继续上路，他的叔父则改道去了叙利亚。年轻的诗人到了巴林，被残酷地处以死刑，据说死时年仅20岁（至多26岁）。"穆塔拉米斯的信"于是成为一句格言，专指某人亲手拿着自己的死亡通知书上路。

《悬诗》作者塔拉法的真名为阿姆鲁·阿布杜·苏夫扬·萨阿德·马立克，是沙漠阿拉伯人祖先阿德南人的后裔。母名瓦勒德，与其父同族，系巴林和叶玛姆的望族。塔拉法家学渊源深厚，本人自小就有诗才。据说他在童年时期，一次听到叔父穆塔拉米斯（有人说是诗人穆赛叶勃）背诵一首诗歌，其中念到有关公驼的词句，句中出现了一个冷僻的词，这个词只能用作阴性。"啊哈，"孩子在一旁叫起来，"公骆驼变成母骆驼了。"诗人让这个早熟的孩子伸出舌头，塔拉法照办了。看到塔拉法的舌头上有一块黑斑。深感屈辱的蹩脚诗人摇头叹息说："唉，这个孩子会由于自己的舌头遭难的。"

据说塔拉法七岁创作出第一首诗。当时，他随叔叔外出捕云雀。队伍停在一个池塘边，塔拉法在草地上张起网，整整一天，一无所获。队伍又拔营上路，这时塔拉法才看到一群鸟落在刚才张网的地方啄诱饵。他触景生情，随口吟道：

  云雀飞翔草坪上，
  碧空是你们的天堂，
  你们孵育、歌唱。
  吃吧，中意的尽管啄食，
  猎手已远去，罗网已卷上，
  身心欢畅，何用慌张。
  但总有一天你们会落网，
  注意呀，一切应以忍耐为上！

塔拉法幼年丧父，叔伯企图剥削他母亲的财产继承权。儿子年岁太小，无法凭力量保卫母亲，但他发现诗歌也是一种武器，于是他用诗歌威胁叔伯们：

  你们不重视瓦勒德应得的权利，
  她子女幼小，亲属远离。
  区区小事也可能激起严重后果，
  你们要为此付出流血的代价。

此后，年轻的塔拉法发现他可以让那些可恨的家伙尝尝利齿伶牙、能言会道的滋味。当然，这脾气也是导致他自己倒霉的原因。长大成人后,他嗜酒好饮,说话放肆,只要手头还有些钱财,酒友们便纷纷被他骂走,最后他也被逐出部族。对他来说最伤心的事莫过于和台米姆族的郝莱分手,他早已把一颗年轻的心给了这个美貌的女子。为了她,他在浪迹荒野时,第一次仿效乌姆鲁勒·盖斯的不朽诗篇,写下了他的《悬诗》:

踏上赛赫麦迪的砾石地,
寻觅心上人郝莱昔日的牧场和营地。
遗址像刺在手背上的黥墨,
点点划划,印迹依稀。
一时间,情丝缕缕,
缠绕着不尽的眷恋和忧郁。
同伴勒马在身旁:
"坚强些,莫愁断了漠漠悲肠。"

后来,他厌倦了漂泊的生活,回到族里,向众人保证改恶从善,不酗酒,生活有节制。他也加入了卫队,并在塔格里布和白克尔两族的白苏斯战役中立了功,赢得了大量战利品。在金钱物质引诱下,他故态复萌,又一次沦落为赤贫,再次在荒原上流浪。一天,他来到大哥家,要求住下。迈阿白德勉强收留了他,条件是让他为自己放牧,自食其力。这种简单的劳动对他来说并不容易。一次外族入侵牧场时,在他眼皮底下赶走了骆驼。大哥逼他去请求希拉国王阿姆鲁出面干预,让那伙盗匪退回赃物,结果遭到国王的拒绝,他转求堂兄马立克帮助,又被拒之门外。在这种境遇下,他写成了阿拉伯文学史上被评为不朽之作的《悬诗》。诗中,他把有钱有势的亲戚阿穆鲁·本·马塞德描写成英雄。

阿穆鲁·本·马塞德听说后,立即接受塔拉法成为他的家族成员,这样,他才讨回恩主的一百头骆驼,还清了欠大哥的账。但诗人依然不能从前两次贫困潦倒中吸取教训,在朋友的引诱下,他第三次沦为乞丐。囿于这种绝境,他想去赖赫米王宫碰碰运气。他的另一个侄子阿布杜早就赢得了阿穆鲁·本·杏德国王的宠信,而他的叔父穆塔拉米斯被任命在国王兄弟名下任职,成了加布斯的继承人。国王向来喜欢诗人们的奉承谄媚,于是诗人塔拉法受到这位基督教国王的热烈欢迎,他被指定协助他叔父侍候终日饮酒狩猎的加布斯。可是,诗人很快就厌倦了这种弄臣的生活。为了恢复自尊心,塔拉法写了一首表达真实感情的讽刺诗,揶揄这个暴虐的君王和他的花花公子兄弟:

> 我们可否用一头纯种母羊,
> 取代阿穆鲁国王?
> 让它在帐外咩咩叫嚷。
> 它满身绒毛,奶头大又长;
> 它乳房膨胀,奶汁满溢,
> 身旁一对小羊正和我们分享,
> 而母羊如同公驼叉腿站一旁。
> 加布斯·本·吉德啊,
> 你一生蠢事干尽就像那母羊。

塔拉法居然把这首诗念给堂兄阿布杜听，不久又写了一首诗讽刺他。一天，国王阿穆鲁和阿布杜一起在王家浴室洗澡，听说塔拉法居然把至尊至贵的国王比喻成"母羊"，阿穆鲁暴怒了，想立即处死他，但一转念，他想到强大的同盟白克尔族人对他们爱戴的诗人被处死是决不会袖手旁观的，便忍了下来。然而倒霉的塔拉法却一而再、再而三地向这个暴君寻衅。一天，他和国王的妹妹同坐一席。这个改不了浪漫性格的诗人又忍不住了，席间响起了倾慕美丽姑娘的诗句：

啊，戴着耳环的羚羊在我身边，
只是国王夹在中间，
她无奈，撅起嘴，沉默无言。

这场感情上的迸发最终决定了塔拉法的命运。国王批准他和叔父穆塔拉米斯回巴林省亲。启程那天，两人都拿了一封面呈巴林国王的信。

库法语法学家伊本·安巴里（939年卒）写过关于七首《悬诗》的评语，其中讲到塔拉法的叔父穆塔拉米斯最早保存了塔拉法的《悬诗》，并以口诵形式传给了传诵人哈马德。哈马德又完整地背给巴士拉的学者听，使之流传后世。伍麦叶朝的大诗人赖比德（661年卒）、艾赫塔尔（710年卒）、吉里尔（728年卒）都熟悉塔拉法的诗歌，一致给予高度评价。吉里尔把他推为蒙昧时期诗人中的翘楚。赖比德和艾赫塔尔则认为他是阿拉伯半岛的第二诗神。首次编纂塔拉法诗歌修订本的是阿斯马里，他的对手艾布·欧贝达承认塔拉法的成就仅次于乌姆鲁勒·盖斯，位居第二（详见艾布·载德·古莱什的《阿拉伯诗歌选》）。后来，伊本·西基特（801年—857年）编纂了一本新颖而史料详实的塔拉法诗集评注。

伊本·西基特祖籍波斯，由库齐斯坦迁来巴格达，父为语言学家。西基特自幼从父学习。及长，进入名人学者圈子，常与法拉、伊斯马仪勒、艾布·欧贝达交往。他常找贝都因人，听他们纯正的发音。他发觉自己的语法欠佳，但经过一个时期的努力，他在语法和词典学上已颇有造诣，开始为当地富户当家庭教师，最后任哈里发穆塔瓦基尔两个儿子的教习。在编纂塔拉法诗集时，诗人的语言对他产生了影响。授课的第一天，他问小王子："殿下，希望怎么开始上课？"这个小王子不怎么想学习，回答道："那就出去走走吧！""好，那就站起来。"学者说。"我比你跳得更高，跑得更快。"王子说着一跃而起，不料一脚踏在长裤上，摔倒在地。老师望着满面羞愧的王子，随口拈出塔拉法的诗：

> 高贵的青年人因多嘴挨了重责，
> 男子汉岂能以脚跟不稳蒙受打击；
> 一次多嘴令他利令智昏，
> 但脚跟不稳却带来了主的好时机。

第二天，他把事情的原委说给穆塔瓦基尔听后，获得哈里发五万迪尔汗金币的赏金。

一个明知祸从口出但又能如此机智地即兴背诵塔拉法诗歌的人，应该明白言多必失的严重性，并应控制自己的行为，但这位博学多才的什叶派语言学家却坚信伊斯兰真正的统治者应是穆罕默德的侄子——他的女婿——阿里,而不是他的叔伯兄弟阿巴斯,为此,他广揽博证,引经据典,撰写了大量有价值的论文,充实阿拉伯的词典学。

公元858年的一天,哈里发穆塔瓦基尔想试试这个宗教大法官的信念,当着他的面拷打两个阿里的心腹,问道:"说说你喜欢谁?我的两个儿子还是哈桑、侯赛尼?"他脱口而出道:"阿里的仆人甘巴尔也比你和你的儿子强得多。"哈里发大怒,命令钩出他的舌头。土耳其侍从扑过来割了他的舌头,将其重刑处死。这年,西基特58岁。

现存另一件有关塔拉法诗歌的珍贵评注是生于科尔多瓦的尚塔马利(1019年—1083年)的作品,作品除塔拉法的《悬诗》注释外,还收有阿拉伯文学史上六位名诗人作品的注释。

塔拉法所处的时代正是沙漠情诗作为一种时尚的文学在中世纪的阿拉伯世界(包括安达卢西亚)大放异彩的时代。尽管当时东方学这门新科学更为流行,但沙漠情诗的传播也造成了西方意识的首次渗透。

伊本·西基特和尚塔马利的两个版本有着明显的差异。其实《悬诗》的各种修订本身都存在差异。尚塔马利的版本中列举了有关塔拉法生平及其传记以及有关乌姆鲁勒·盖斯等诗人的参考书籍。

塔拉法的《悬诗》1742年第一次在莱登刊印出版,附有伊本·纳哈斯的注释。编辑雷斯克曾因编辑出版科尔多瓦诗人伊本·载登(1070年卒)写给情敌以表达他对女诗人瓦立达公主热爱的信件而闻名欧洲。《悬诗》集中收录的塔拉法的诗歌不少于 21 首。当时，编辑曾对数量如此之多的塔拉法诗歌的可靠性存疑，在前言中甚至还做出声明："我简直怀疑塔拉法或安塔拉的作品，除他们的《悬诗》外，怎么还会有其他的什么东西？"1905年，维也纳东方学会学报上发表的 B. 基格尔的塔拉法《悬诗》德译本中也有如此论调。F. 科伦科沃对古典阿拉伯诗歌有着长期细致的研究，他认为："关于塔拉法诗歌的真实性问题，我想提请读者注意基格尔的结论，但我不否认其真实程度要比这位权威所说的高得多。可以想象流传至今的这些诗歌应是语法学家们注释过的，并且有一定准确性而被保留的……"1901 年，在巴黎出版《塔拉法诗集》（附尚塔马利注释）法译本的曼克斯·赛立克松也持有此见。其间，希荷神父也曾将塔拉法的《悬诗》收进 1890 年在贝鲁特出版的《阿拉伯名诗人集》中。

塔拉法的《悬诗》

踏上赛赫麦迪的砾石地,
寻觅心上人郝莱昔日的牧场和营地。
遗址像刺在手背上的黥墨,
点点划划,印迹依稀。
一时间,情丝缕缕,
缠绕着不尽的眷恋和忧郁。
同伴勒马在身旁:
"坚强些,莫愁断了漠漠悲肠。"
我怎能忘她离去的那个清晨,
宽阔的达德甘谷里,
马立克人①的驼轿队,
像阿道里亚或伊本·亚明②的巨舟,
时而斜航,时而直行。

---

① 指阿拉伯半岛中部克尔布族中的马立克人,即诗人臆想中的情人所在的部落。
② 阿道里亚是巴林的一个部落。伊本·亚明是该部落中的人。

船头劈破千层细浪，
像孩子玩"藏包"时手划沙方。

族里住着一位美丽的姑娘，
艳红的嘴唇，黛兰的眼睑，
珍珠和黄玉的项圈，
铺排在高高的胸脯上。
多像攀枝摇果的瞪羚，
向牙刷树仰起颀长的颈项。
它丢下幼仔，
和友伴奔向这碧叶青枝，
啃啮多汁的嫩叶，
一任枝丫披拂在肩旁。
姑娘绛唇轻启，嫣然一笑，
皓矾涂抹的牙龈旁
粒粒贝齿，洁白明亮。
似潮净后沙地上的黄春菊，
在阳光下生华送辉，婷婷怒放。
秀美的脸庞细腻润滑，
如中天丽日借给她的华丽盛装。

每当忧伤，我常骑上快驼，
时而直奔，时而偏跑，
为施展雄才，完成意志的使命，
我日夜兼程，奋力前进。

母驼强壮稳健，

宽阔的骨架宛如灵床。

扬鞭催驼在大路上奔跑，

清晰的路面像一领带条纹的长袍。

它肌腱壮实，步履矫健，

足以和纯种公驼试比高；

它优于游弋沙原的雌驼，

穷追灰毛稀疏的公仔寻求欢乐。

但见它小腿频繁交替，

在足迹纷杂的大路上飞跃。

春日里，它与缺奶的母驼为伍，

移往盆形高地踏草啃青。

那里没有人的踪影，

但见第二场春雨滋润的绿草盈盈。

主人放声唤归，

它闻声驯顺答应。

乖巧地敛尾护身，

不睬红毛畜求欢的吼声。

扇形的尾毛像白兀鹰的双翅，

直直地立在尾骨上。

时而横扫着骑士的后身，

时而抽打着皱缩干瘪的乳房。

我的驼大腿肌腱健硕丰满，

如宫门上宽滑的门闩。

它脊如井石，肋如弓背，

锁骨紧扣在颈项下方。

它腋窝空阔，

活像酸枣树下的两个兽穴。

它胸肋似硬弓强弩，

铺排在身腰的两旁。

它两肘宽宽，行走时如精壮水夫

担着耳桶一双。

它身架匀整，肢体挺拔，

像拜占庭巧匠砌就的巍峨楼阁。

它颈鬃红褐，脊柱里蕴藏力量，

宽阔的步伐优雅大方。

它腿肌锋棱，似绳索盘缠，

它胸肌突兀，如层叠的拱墙。

它侧身疾行，

昂起硕大的脑袋，

端着宽阔的肩膀。

肋间肚带的擦痕，

像光滑硬地上的水道闪亮；

随着呼吸翕闭开合，

宛如白色胸襻缀在破布衫上。

它挺直的长颈，令人忆起

底格里斯河上耸立的船艄；

它颅骨似铁砧，

边缘与铁锉般的骨骼相连。

柔滑的双颊如沙姆的羊皮纸，

分裂的双唇似也门的熟皮张，
铮铮眉骨下掩藏着一对明眸，
森森然清澈明亮似积水深潭。
莹彻透净的眼珠，
如护犊野牛的双目；
猎手的矛枪，使它充满
畏怯和恐慌。
两只耳朵敏锐异常，
谛听着夜行宁谧中的窸窣声响。
矛尖般的耳翼，像郝麦里野牛
单独放牧时警觉提防。
搏动的心房急剧强劲，
坚实得如硬岩屹立在磐石中央。
它上唇豁裂，鼻翼穿孔，
低头触地疾行时飞腾欢畅。
它顺从主人的愿望：快跑，徐行，
唯恐我把弯鞭高扬。
当我勒紧口嚼与缰绳，
它便像公鸵鸟一般腾越飞翔。

这就是我长途跋涉的坐骑，
令朋友慨叹惊诧：
"愿我能将你从这险途中赎身，
你我得救，同处安康！"
漠漠旷野，不由得让他神情紧张，

虽不见前有劫道的强人，
总认为自己正走向死亡。
人们问：谁能剪除邪恶，独肩重任？
我自认英雄，奋勇担当。
牵过快驼，扬鞭催行。
土石相杂的沙地上扬起迷蒙雾障，
似蜃景依稀，沿天边轻轻游荡。
它步态傲美，
像女奴在主人面前弄舞蹁跹；
它摆动的尾尖，
似洁白的裙裾迤逦颀长。
为避客访，免遭敌伤，
我蹑足小道，远离高岗。
人若求我待客或歼敌，
我定当慨然相帮。
集会上，你会发现我；
酒肆里，你能找到我；
如果族人聚夸世袭荣华，
我是最高贵家族中的精华。
我酒友洁白的皮肤如群星闪耀，
歌女身着番红花浸染的长裙，
在我们队伍中穿行送唱。
袒胸的领口处，
裸露的皮肤凝脂般润滑。
她笑对抚摸的手指，

妩媚动人，落落大方。
我们邀她放歌佐酒，
她美目顾盼，旋律流畅。
余音袅袅，激情回荡，
像母驼思念亡子，
声声切切，不尽情伤。
我开怀畅饮，
把祖产和积蓄统统花光。
于是，惨遭族人疏远摈弃，
像躲避身涂焦油的癞驼，
令我孑然一身，独来孤往。
但那些头枕黄土的穷友，
却牢记恩德，旦夕不忘。
更有身居皮帐篷的富友，
仍怀旧情，相伴举觞。

啊，因参战和纵乐而诅咒我的人呦，
难道"改邪归正"会使我永生不亡？
你们既然无力使我免遭劫数，
何不任我恣意挥霍走向死亡？
高贵青年的欢乐自有三桩
若不是它们，死决不会
触动我的心房。
第一桩，乘责备未到，
开怀畅饮，频举酒觞，

把净水掺进那红色的浆液,
涌起满杯泡沫浮荡;
第二桩,畏敌者前来求助,
让我的骏马上阵相帮。
它弯曲前腿,像丛莽中奔驰的饿狼,
饮水时,周围的人要提防被它踢伤;
第三桩,躲在柱梁高大的帐篷下,
与窈窕女子共渡短暂春光。
帐外雨声淅沥,
帐内美女情长。
玉臂上的佩钏和足踝上的脚镯,
犹如挂在蓖麻或未修剪的阿什尔树上。

我乐善好施,慷慨大方,
今日杯樽满溢,
明天焦渴身亡。
我看那守财奴的墓地,
与挥霍者的坟场一样;
宽石圈起的坟茔里,
两抔黄土压上长石一方。
死神索取慷慨者的身躯,
也不曾把悭吝人遗忘。
我看到生命夜夜在缩减,
如同万物随日月光轮日渐消耗,
不可避免终于走向消亡。

我以你的生命起誓，
死神如同牧人手中的鞭缰，
看着对青年松手长放，
两端却牢牢挽在自己的手掌上。

每当我走近堂兄马立克①身旁，
他立刻远躲他方。
还莫名地大声训斥，
像古尔特②那样对我肆意中伤。
霎时，我对他的期待变成失望，
仿佛将希冀向深深的墓穴投放。
我只要求归还兄弟迈阿白德的骆驼，
从无其他贪欲的臆想，
但坚忍不弃的认真，
反招来锋利的言辞。
亲缘关系让我和他接近。
以你的运气发誓，
一旦事态危急，
我必辅佐他并肩共御外敌。
如遇艰难困境，你必招呼，
我当站立在保卫的行列之先；
敌人侵犯，入境杀戮，
我誓必骁勇前往，奋力抵抗。

---

① 马立克是诗人的堂兄弟。另一说是他的侄子。
② 古尔特全名为古尔特·本·迈阿白德，是诗人部落中的人。

他们若狂言恶语辱没你的尊严,
我定将在威慑和阻敌前,
让他们端起盛满死亡之水的杯觞。
他人肇始的事件和莫须有的罪名,
却让我受尽了你的冷遇和中伤,
铺天盖地的谩骂源起于你的身上。
如果堂兄是另外一个人,
他定会排解我的忧伤,
给我的宽限时间很长。
无论我怎么谢恩、求助,
还是想从他那里求得解脱。
但我这堂兄依然处处设障,
这一切使我窒息,令我惆怅。
亲人的暴戾大过印度青虹的重创,
更能激起我怒火满腔。
松松手吧,请让我随意,
即使要我跋涉险途
在达尔埃德山边安家立帐,
我也铭感在心,永志不忘。

若我主有情,我会像
盖斯·本·哈立德一样豪富;
若我主有意,我会与

阿姆鲁·本·马塞德[①]一样兴旺。
到那时，
钱财无数，牲畜满场，
宾客显贵，络绎成行，
权势之主，登门拜访。
我身姿矫健，步捷体轻，
好一幅你们熟悉的俊美模样。
我机敏灵活，
似蛇头般随机应付。
我早立誓言：
让侧腰永为印度剑的衬垫；
那犀利的双锋，
永远在我腰际闪光。
宝刀挥起，着力砍杀，
敌人即刻命丧。
它的神威如兄弟之情不容怀疑，
至今没见有谁能逃过它的砍伤。
如果对剑说：放慢点儿速度！
回答是：剑乃慢动作的阻障。
如果大伙都争先挥剑举枪，
我必列入胜利者之行列；
皆因手中这利刃的寒光，
送出了不可战胜的力量。

---

① 盖斯·本·哈立德和阿姆鲁·本·马塞德是两位阿拉伯部落酋长，以多子多才闻名。

每当脱鞘之剑随我大步上前方,
多少跪卧的骆驼惊起恐慌。
一峰头驼擦身而过,
干瘪的乳房如皮袋摇晃。
它是那善吵缠斗的老人①的
珍贵财物。
当利剑把它的腿骨砍断,
老人愤然责难:
你宰杀这良种母驼,
难道不是带来灾难一桩?
说罢他旋首四顾:
我们该如何处置,
这虐待我们的酒徒的不义心肠?
可他最终还是决定:随他去吧,
母驼的收益确应由他独享。
否则你们早该阻止他的刀剑,
不要把这优良种驼砍伤。
女奴炙烤着母驼腹中的幼胎②,
仆人剖开驼峰,
迅速送给我们品尝。

啊,迈阿白德的女儿,
如果我一朝身亡,

---

① 指诗人的父亲。
② 烤未出生的驼胎是阿拉伯的一道美味。

请用适配我的语言发出讣文，
为我恸哭，扯碎你的衣裳。
我与那些人的志向云泥殊路，
不要把我和他们等同衡量。
他们没有我的经历，
也不把我的诗歌吟唱。
他们在大事前滞步不前，
走向龌龊时步履匆忙。
那些下贱的躯体，
常被人们的拳脚推搡。
如果我懦弱卑贱，
那一呼百应者的敌意，
那独胆英雄的仇视，
早已把我摧残损伤。
但是，人们无视真情，
否认我的英勇无畏、
高贵的血统与豪爽。
以你的生命起誓，
白天，我的见解不会被愁闷遮蔽；
我的夜晚也不会昏暗无光，
漫漫无尽地拖延伸长。
或许有这么一天，
在那流血的战场上，
健壮的肌肉在战栗，
高贵的人们畏惧死亡。

为了捍卫光荣的门第，

我叫停了我方的战斗，

停止了对敌手的威慑和杀伤。

听任赌局自行定夺，

我将神签放进失败者的手掌①，

火边的卦签已经烤黄②，

我安然等待光临的厄运或吉祥。

光阴荏苒，

时光将把你疏忽的事物告禀：

有人，你未拔刀相助；

有人，你不曾为他的行囊添置行装，

也未与其相约联系的时光。

日月将迈开前进的步伐，

把桩桩信息刻在你的心上。

---

① 把卦签放入失败的人手中，表明其从容大度，敢于面对命运的安排。
② 将卦签放在火边熏烤，让它变硬变黄。

关于塔拉法的《悬诗》

这首《悬诗》的内容是由一件牧民的小事引起的。塔拉法和他大哥迈阿白德合伙拥有一群骆驼，俩人商量好轮流放牧。塔拉法是个诗人，关心诗歌远比放牧要多，常常在沉思默想之际被哥哥抓住。哥哥调侃他："一旦骆驼走失，你能拿诗歌来顶？""你信我就是了。"弟弟不以为意，依然我行我素。当时族人正和穆特雷族作战，几天后，全部骆驼果然被抢劫一空。塔拉法遍寻亲友帮他讨回财产，也找了堂兄弟马立克。不料马立克不但不给予帮助，反倒冷嘲热讽，还恶毒地取笑他，数落塔拉法平日里出手大方、放荡不羁、好为人师的性格，批评他给家人丢脸，为全族树敌。

诗人最拿手的自卫是以诗歌还击。为了维护自己的人格和行为，塔拉法创作了这首《悬诗》，大胆地为自己的生活辩解。

他为自己对女人的感情而自豪。诗歌以惯常的引子开篇，先为情人郝莱的远离而悲恸，再对她的美貌做了详实生动的描述。全诗对情人的夸耀大大多于对骆驼冗长而乏味的赞美。

诗歌下半部分赞颂了自己的刚毅、热情、公正、勇猛，尖锐地嘲讽了马立克的忘恩和骄横。

  塔拉法的《悬诗》和乌姆鲁勒·盖斯用的都是同一韵律。古代阿拉伯人的诗作似乎没有十分严谨的上、下文的连接,但塔拉法不寻常的《悬诗》,甚至比其他诗人的作品更为出格。

祖海尔·本·艾比·赛勒玛

蒙昧时代的"四十年战争"

公元七世纪初,一个秋天的傍晚,在斜阳余辉的衬托下,盖塔努山显得越发苍翠。浅黛色的山坳里,自由放牧的驼群星星点点,依稀可辨。山坡上自远而近,散落着一顶顶驼毛编织的帐篷,四十年来,它们第一次挨得这么近,显得那么亲,仿佛有很多的话要倾诉……

在这里,一场贝都因的婚礼刚刚结束,牧民们纷纷向自己的头人道别,怀着欢快的心情走回自己的宿营地。清新的空气里飘荡着椰枣酒的余馨。四十年了,牧民们没有嗅到过这土制椰枣酒的香味,没有倾听过诗人朗诵的长诗,没有看过一场舞蹈。这一切仿佛都是遥远的往事,被埋在记忆的角落里,蒙上了一层厚厚的尘埃。

远道的驼队即将启程。人们右手贴胸向设宴的主人道别。他们指石为誓,祈祷神灵护佑和平的缔造者——新郎哈里斯和新娘布海赛。

跪着的骆驼站了起来,迈开步子走上大道。清脆、有节奏的驼铃声中夹杂着粗犷的驱驼歌声,渐渐远去。

男主人颔首目送他们远去，返身牵过妻子的手，笑问道：
"还有什么条件吗？"

妻子轻声一笑，温情地摇摇头。沙漠的秋夜宁谧静寂，天幕逐渐由绛红变为暗紫，半人马座已闪出入夜的第一线光芒，山坳里偶尔传来几声鬣狗争食的嗥叫。周围黑透了，幽暗中，两个黑影久久地拉着手，一幕幕往事涌上心头……

他们听祖辈说过：

公元586年，也是一个秋天的清晨。盖塔努山下人欢马嘶，两个部落间的一场马赛即将开始。阿布斯是个大族，人强马壮，参加比赛的是族长盖斯，他从汉志新弄来一匹名叫达希斯的宝驹。盖斯的对手是祖布央族的族长霍泽法。他那匹名叫埃布拉的骒马在历年比赛中一直名列前茅。今天这场马赛是部落最优秀骑士的比武，胜者不仅可得一百头母驼，更能为部落赢得无上光荣。双方商定，这次赛程的终点是百箭之遥的干河谷尽头的沙丘。

号声甫起，比赛开始。母马埃布拉果然名不虚传，遥遥领先，达希斯紧随在后，马蹄敲得樱桃红色的硬地沙石四溅，阵阵急骤的答答声扣人心弦。骑手弓腰伏鞍，风驰电掣般掠过沿途欢呼的人群。没过多久，硬地跑完，赛马前面出现的是开阔的季节河河床，领先的埃布拉在松软的沙土上显得不那么轻松自如了，尾随的达希斯却逐渐逼近，最终超过了对手。盖斯朝远处插在坡上那根作为终点标志的长矛和矛头上的白布旗望了一眼，又扭头看看衔尾紧追的那匹汗湿的母马和马上焦躁的骑手。两匹马的距离在加大，胜券在握，他不禁得意地微微一笑。不过说时迟那时快，不远处的沙堆后面，突然跳出一群埋伏着的壮汉。他们手舞棍棒，挡在道上厉声呼喊。马跑得飞快，急收不住，眼看就要撞上。达希斯不愧是一匹训练有素的名马，骑手又有娴熟的骑术，一惊之下，达希斯居然不蹦不跳，只见它斜窜出去足有半箭多地，双蹄腾空，挺起脖子，一声长啸，又跑回了原道。但是，它已经失去了最宝贵的一刹那。尽管它奋力疾追，但到达终点时，还是以半身之差败北。盖斯不服，当众谴责祖布央人玩弄阴谋，声称自己应得奖。祖布央人为自己的头领辩护，反而向盖斯索取骆驼。马赛不欢而散。

对于对手言而无信的行为，盖斯极为恼火，一心想出这口怨气。几天后，霍泽法的兄弟路过族界时，盖斯寻衅杀了他。霍泽法未动声色，不久，也杀了盖斯的兄弟马立克。于是，阿拉伯古代历史上长达四十年之久的"达希斯与埃布拉战役"爆发了。

历史文献告诉我们，公元六至七世纪的阿拉伯半岛中部仍处于原始公社向奴隶制过渡的阶段。这个地区不同于南部古文化高度发展的也门和北部新兴小王国，建立在血缘关系上的部落，依然是这里政治、经济的核心。部落成员齐心团结，对领袖极度忠诚，部落的利益高于一切，但风靡于部落间的凶残好斗、侵略复仇的风尚和一致对外的团结精神，即使到了封建社会也不曾改变。几个世纪以来，阿拉伯古代史上有记载的巨大战争（达希斯与埃布拉战争当然也不例外）可以说都是建立在这样的风尚习俗和心理基础上的。

阿拉伯半岛的部族按民族来源可分为两支。北支的祖先是阿特南人，又称"被阿拉伯化的阿拉伯人"，他们后来迁移到巴勒斯坦、美索不达米亚一带；南支（也门）可以追溯到盖哈坦人。这两个民族是互相交往的，特别是南支各部族，由于也门古代奴隶社会崩溃以及连年的内战外祸、瘟疫流行，自公元一世纪后，他们就被迫背井离乡，往东、北部迁徙，所以南部不是今天故事所述范围。这里要讲的是北支阿特南人的后裔——阿布斯和祖布央两个血亲家族间的纠纷。这场纠纷为我们的诗人祖海尔提供了歌颂通晓大义、一心为民的哈里斯的素材，并写下了不朽的诗篇。

这场战争使双方都蒙受了巨大损失。后来，盖斯杀死了霍泽法及其堂弟郝麦罗，自己也被砍断了右臂。失臂那天，他还吟出了如下的诗句：

> 手刃郝麦罗，我满心宽慰，
> 霍泽法之死敲开了复仇的心扉。
> 只求解除心头报复的焦渴，
> 我乐意失去一条右臂。

霍泽法去世后，祖布央族在哈里斯领导下威望日上，成为周围部落的核心。但三十七年来，达希斯与埃布拉的战火仍在吞噬两个部族的生命。哈里斯久有结束战争的愿望，但下不了决心。

一天，哈里斯正和表兄海里姆议事，突然问道：

"你考虑过这个问题没有：世界上是否有人会拒绝我的求婚？"

"有。"

"谁？"哈里斯惊讶地问。

"吐依族的奥斯。"

听到这句话，哈里斯按捺不住了。他立刻吩咐仆人准备行装，两人骑上骆驼，直奔奥斯的宿营地。主人在家，一听部落大酋长到来，急忙迎出帐外。双方互致问候后，哈里斯单刀直入地说明来意："我是来求婚的。"

"你怕是找错门了吧？"奥斯变了脸，粗暴地拒绝了对方，随即怒气冲冲地转身走进内屋。

"外面是谁？"妻子问，"怎么没有说上几句话？"

丈夫余怒未息，来回踱步，随口说了一句："阿拉伯人的头领大酋长哈里斯。"

"为什么不请进来？"

"他傻里傻气，是个愣头青。"

"怎么回事？"

"他想娶我家里的人，但是一点不懂礼貌，被我打发走了。"

"你不正在给几个女儿物色婚家吗？"妻子有点生气了。

"呃……"

"连阿拉伯的头领都不中意，还想找什么人？"

"话已出口，无法挽回。"奥斯懊悔地回答。

"不，可以挽回，马上骑马把他追回来。"

"这……实在有失体面，别人会说我办事欠考虑。"丈夫的口气软了。

"过来，我告诉你该怎么办。"妻子笑着说，"你就说：'刚才我情绪不佳。求婚的事过去从未听你提过，当场实难答复。现在请回来，你会看见我如何满足你的要求！'你这么一说，他准回来。"

奥斯策马追上了愤愤而行的求婚者，把妻子的话说了一遍。哈里斯果然怒气尽释，和奥斯并辔转回。父亲在后帐找到了大女儿。

"女儿呀，前面坐着的是哈里斯，阿拉伯头领之一。他到我们家求婚，我想把你嫁给他。你的意思呢？"

"不行。"大姑娘不同意。

"我秉性乖戾，相貌不扬，又是他的堂妹。现在他会因为我是他的亲戚而有所不便，但婚后，他就不再是你的乡邻，因此会无所顾忌，我怕他有朝一日会休了我。"

"神保佑你。叫你二妹来。"

二女儿似乎听到了姐姐刚才的一番话，进来后也表示不愿意。

"那就去把布海赛叫来吧。"

父亲把和两个姐姐商量的话跟三姑娘说了。

"由您拿主意好了。"姑娘温顺地答道，"我有一个与众不同的父亲，如果他将来与我不和，神不会降福于他。"

父亲高兴地向客人报告了喜讯，一面嘱咐妻子为女儿梳妆打扮，整点行装，一面让仆人支起大帐，接待贵客。女儿梳洗完毕，父亲送她进帐。不一会儿，哈里斯蹙眉出来，对堂兄海里姆说：

"当我向她伸出手去，她喊道：'别碰我，在父兄面前你不得无礼。'"

两个男人商量一番，牵来了骆驼，便进帐告辞。离家不远，哈里斯走近她的驼轿，刚掀动轿帘，便听得里面说：

"哈里斯，你把我看成是集市上的女奴，还是战场上的女俘？等到了家，你先宰羊杀驼，宴请乡亲。你要是喜欢我，该办的你都要办到。"

到了族里，哈里斯即命宰驼备酒，准备了盛大的酒宴。夜里，他第三次踏入布海赛的帐篷，不久又出来了。他告诉堂兄方才的情景：

"我到了她跟前，告诉她已备下酒宴，诸事就绪。不料她亲切而又严肃地让我坐下，字斟句酌地说道：'久闻你是人间豪杰，大名远扬。但今日一整天，我在你身上竟看不出丝毫英雄气概！'我刚想张口，她做了个手势，继续说道：'为了赌一口气，你便出门求亲，但周围的乡亲，祖布央和阿布斯族人依然在厮杀、流血。这情景难道你没有看见？三十七年来，多少妻子成了寡妇，多少儿女失去了父兄！难道没一个能言善辩、足智多谋的人出来斡旋、制止杀戮？这件事过去一直萦绕在我心头，今天我已考虑成熟，非你去办不行。愿我的到来能增强你进行正义事业的决心。去吧！在酒宴上宣布你的决心，以你大酋长的身份去呼吁和平。我等着你回来。事成了，我一定答应你的要求。'"

"果然不出我之所料。"海里姆大笑说，"真是一个有志气的姑娘，祝贺你，哈里斯！我建议你马上行动。"

盛大的酒宴上，大酋长当众表示了自己的决心。散席后，他立即出发了。

整整三年，哈里斯偕同海里姆等贵族，披星戴月，风尘仆仆，在激战的部落中居间调停，最后达成协议：哈里斯筹集三千头骆驼作为恤金，偿付给阿布斯族。两族之间四十年的战火终于平息了。

这一天，阿布斯和祖布央两族人在哈里斯的建议下，毗邻结帐于盖塔努山麓，歃血为盟，永结金兰。不料盛大的和会刚完，又出了一桩祸事，哈里斯三年的奔波几乎尽付东流。原来，祖布央族有个名叫侯赛因的牧民，他的父兄在停战前夕均死于阿布斯族人之手。那天，他在神的面前发了重誓：不杀阿布斯族人报仇，永不洗头。和会后的晚上，有个阿布斯族人踏进侯赛因帐内。侯赛因问明对方的身份，不由分说，一刀把他砍死了。消息立刻传到阿布斯族里，群情哗然，麇集的人群蜂拥冲向哈里斯帐篷，口口声声要杀侯赛因报仇。哈里斯问明情况后，立即派人带自己的儿子去见阿布斯族人，并送上一百头骆驼。使者传达了大酋长的话："是收下骆驼以友谊为重，还是杀我的儿子以平私愤？"阿布斯族人为哈里斯的大义感动，终于收下了骆驼。

哈里斯回家那天，布海赛率全体族人迎出几十里外。帐内张灯结彩，宰驼杀羊，一片欢腾。女主人以全族事业为重的事迹被牧民们传颂，大家也感激哈里斯的义举，三天后不约而同地参加了头人的婚礼。彻夜歌舞，整日狂欢。

上面的故事就是祖海尔在耄耋之年为颂扬和平美德所创作的《悬诗》的背景，在八十高龄时，他吟出了这样的诗句：

> 生活之路充满曲折艰险，
> 我的心早已厌倦。
> 年逾八十，已届耄耋，
> 郁闷早就积满心底。
> 我通今博古，知晓古今，
> 但对明朝之事，却一无所知。

祖海尔的《悬诗》

在郝马乃·黛拉吉和姆特萨勒姆,
在情人乌姆·奥法①的旧营地里,
黑色的残迹是否依然缄口不语?
那里的颓壁故园,
如腕上的黥墨重染色迹。
大眼母牛,洁白的羚羊,
群集徘徊踯躅。
幼仔娇痴欢快,
不时从栖身处迸突跃起。
二十载,有感年华匆匆逝去。
今天,驻足在这荒跡莫辨的营地里,
我千思万辨,在记忆里搜寻,
方始察觉逝去的景象零落依稀:
这些黑石,支撑过昔日的锅灶;
这条完好的沟渠,

---

① 诗人臆想中的情人。

一如草场近旁的井池。
哦,这里是她的旧宅。
我向那场院送出默默地祝语:
愿你生活安康!
愿你的晨曦秀美静谧!

放眼远眺,我的朋友!
朱尔苏姆河边的高地上,
一队驼轿正摇曳缓徐,
从右方穿越盖拿努山区。
那里,我目睹了多少场厮杀,
度过的禁月①有谁能回忆起?
昂贵厚重的毛毯,
轻薄殷红的轿帘和流苏飞边,
如麒麟血般色彩鲜明,
遮饰得驼轿分外华丽。
她们端坐在健壮的驼背上,
行进在苏班高地。
丰满的腰身,娇滴滴的面庞,
显示着生活的优越和安逸。
鸡鸣破晓,她们起身,
鱼贯进入陡峭的来斯山谷地,
施施然像手掌探进口里。
我那追随凝望的目光,

---

① 一年中不许开仗的月份称为禁月。

在她们中瞥见了欢愉。
一路欣赏着优雅的景致，
但觉一阵阵神驰魂迷。
姑娘们下得轿来，
染红的羊毛轿饰猩红点点，
像未被砸烂的颗颗狐狸葡萄，
在家家门户前惹得人眼醉。

她们来到满溢的井栏边，
但见水面清澈澄碧。
掷下手里的棍杖，
准备扎营，把帐篷竖立。
但又见旅途尚远，
再登上崭新的宽轿座，
又一次出现在苏班高地，
翻山越岭走向目的地。

古莱什和朱尔胡姆人共建了天房，
我以天房发出庄严的誓语：
万般诸事，或险或夷，
如单、双股的绳儿承力有异。
你俩[①]是绝顶优秀的人中豪杰，
勇担重任，从不畏避。
但自曼舍姆的香料浸手盟誓后，

---

① 指让两个部落缔结友好，结束长年厮杀的海里姆和哈里斯。

阿布斯和祖布央两族又干戈骤起。
你俩洞察事态，慷慨作语：
彼此如果能以钱财消弭战祸，
用美好的话语泯灭敌意，
和平之光将在我们周围亮起。
为各族间的停战修好，
你们贡献了心爱的珍宝，
为了和平降临，
你们与屠杀亲骨肉的罪孽远离。
你们享有迈阿德人最尊贵的地位，
你们的显达赢得了停战的胜利。
愿你们走上坦途正道！
谁深深植下了最珍贵的荣誉，
他在高尚人中的地位愈显高贵。
自愿献出数百峰骆驼疗愈战伤，
又以局外人身份代偿血金，
二者都替族人进行了对外的赔偿，
和平实现了！
再不见整罐鲜血的流淌。
你们送出了继承的财产，
交出了俘获的豁耳的幼驼，
这一切只为了平息怒火，
给战死者的家人送去慰藉。

请把我这信息

带给祖布央人及其邻居,

你们不是已誓结永好,

抹尽横亘在心中的敌意?

那就万勿在主前隐匿心事。

主深晓心中一切秘密,

主能延宕惩罚,等待复活日的清算;

也可立刻揭穿,使报应即时降临。

战争的滋味你们早已熟知,

绝不是含糊的揣想和故事。

什么时候你们挑起战争,

等来的必将是斥责和抨击。

什么时候你们点燃战火,

熊熊烈焰将难以平息。

战争犹如旋转的碾砣,

磨谷为粉,洒在平摊的皮张上;

又如年年怀孕生产的母羊,

专把双胎送到世上。

战争为你们产下幼子,

个个像艾哈麦尔·阿德一样不吉[①]。

从哺乳到断奶,

使他们比父辈还晦气。

它给你们带来恶果万般,

绝不像伊拉克的田野,

---

① 艾哈麦尔·阿德原名盖达尔·本·萨里夫,专事宰驼,被认为是不吉利之人。

为村民产出桶桶银币。
我以生命起誓,
这是一个多么优秀的部落!
侯绥尼为报私仇,
竟使他们遭蒙不应有的欺辱;
他隐藏着心中的仇恨,
不动声色,伺候良机。
他狂言:我要先解心头之恨,
再让千匹战马厮杀,
激起敌我鏖战急。
他只身独胆,
杀死了弑兄的仇敌。
灾难悄悄降临,
他未惊扰邻里,令人胆战心惧。
就像跃入战场的雄狮,
长鬃飞扬,两对铁爪锐利。
每当身遭欺虐,
便迅速勇敢反击;
否则,为显富豪之气,
便向他人施虐相欺。
厮杀的人们干戈暂息,
如在草地上放牧生息。
待焦渴燃起——再生杀机,
还把它们向水源驱赶——
再把战旗高高举起。

只见寒光闪烁，鲜血淌满地。
待他们宣判完每人的死期，
便再次息鼓偃旗，
最终返回那肮脏龌龊的草地。
但以你的生命起誓，
他们的矛枪可从未穿过伊本·乃希克
和姆塞莱姆的躯体，
努菲勒、沃哈布、伊本·姆哈宰姆
也非被他们置诸死地。
死者的亡魂亲眼目睹，
血金代偿者正跋涉在崎岖的山路上。
驱赶着良种壮驼，
向死难者的家属奔去。
亡灵的部族英勇侠义，
每当灾难在深夜临莅，
他们个个见义勇为，
庇护着盟友和邻里。
他们无比高尚，
从不对他人心怀敌意。
那帮惨败的诬陷之徒，
永远无法对他们报复还击。

生活之路充满曲折艰险，
我的心早已厌倦。
年逾八十，已届耄耋，

郁闷早就积满心底。
我通今博古，知晓古今，
但对明朝之事，却一无所知。
死神像育驼，迈动着前蹄，
谁被踏上，活该命毙，
侥幸者才得以福寿双齐。
谁若不事事逢迎人心，
必被利齿撕得粉碎，
在壮驼的脚蹄下咽最后一口气。
谁捍卫名誉，乐施行善，
他的功德必是铢积寸累。
谁不设法躲开谩骂，
必将秽闻远扬，羞辱缠身。
谁为富不仁，对族人悭利吝啬，
定遭群舌诅咒，为众相弃。
谁践约守信，将免遭责备；
谁心地善良，将幸福平静，享受恬憩；
谁惶恐怕死，死神依然光临，
即使能拾级登天，也枉难逃命。
谁对卑恶之徒行善，
应得的赞美被谴责代替，
到头来只觉悔恨无及。
谁面对矛镦拒绝和议，
必导致面对矛尖，生灵涂炭，
干戈大动，鲜血淋漓。

谁不拿起武器护卫水池,
水池必被摧毁。
谁不对强人施威,
必遭恶人辱欺。
谁孑然一身漂泊异乡,
易把敌人当友亲。
谁不知洁身自重,
必遭他人侧目。
谁操守优秀,品德端庄,
虽百般隐匿,
不胫美名传千里。
慎言寡语者,
赢得无上的尊敬;
但逢金口开启,
定是用新意美化着他人的话语。
心舌二小,各自为半,
决定着血肉之躯的价值。
老叟的暴躁毫无希冀,
少年尚可从轻浮中吸取教益。
我们要求,你们帮助,
我们伸手,你们相予,
但乞讨成习的人,
必将进入永远的禁期。

祖海尔的《悬诗》（古体诗体裁）

人去情逐恋旧地，两处遗址缄口寂。①
洪流洗尘浴庭院，宛如黥墨刺腕肌。
牛羚鱼贯闹宅园，幼畜骄痴争乳急。②
廿载尘埃难拂净，千思万辨始依稀。
步探黑石支旧灶，行尽沟渠近草地。
历历真切旧时宅，晨安尽表相思意。

淡淡近水邀君看，牧女驼轿攀登徐。
左傍剑石路崎岖，几多敌友往返聚。③

---

① 起两大段为例行的情诗部分，详见《悬诗》介绍部分。"人去"指诗人情人——乌姆·乌法的离去。"两处遗址"指二十年前情人的两处宿营地（达拉及和姆特萨勒姆）

② 这两句说庭院荒芜，野牛、羚羊出没其间，幼畜在母畜腹下争奶吃。"骄痴"说幼畜胆大不怕人。

③ 这两句写驼轿的右方是盖拿努山，崎岖的山道上旅人纷杂，他们有的在禁月间出入山口，有的在非禁月间出入。"禁月"，古代阿拉伯人规定每年一、七、十一、十二月为禁月。禁月间不得打仗。这里把非禁月间通过山口者为"敌"，反之为"友"。

穗饰如血罗帐重,华服缤纷色彩黑。

仰登高地肥驼颤,玉肌花容富贵气。①

司晨鸣晓启莲步,玉手探口赴谷底。

良辰美景丽人图,神思凝滞魂迷离。

闪闪轿饰映千家,颗颗葡萄朱红粒。②

姗姗嬉聚翡翠泉,立杖牵绳营帐起。③

新轿宽座再迁移,涉谷攀山岂终极。

两族携手建天房,督见作证起重誓。④

单绳孱弱双绳壮,两君同夺功勋旗。⑤

干戈"香囊"征战急,弥缝医伤光辉迹。⑥

豪言"愿尽钱财力,只为和平永光熠"。

---

① 以下四句写的是:清晨,妇女们坐着驼轿奔向苏班谷底,骆驼只只健美肥壮,毛色光亮。她们对路途的熟悉,犹如手探进嘴里一样,准确无误。

② "轿饰",用染色的羊毛做成的驼轿上的彩饰。"葡萄",指当地产的狐狸葡萄,色紫红,有小黑斑,用作染料。这句写妇女们摘下狐狸葡萄来染羊毛,颗颗葡萄映红了家家户户的门口。

③ 这四句写妇女们放下绳仗,准备立帐。但她们在碧绿的泉水边玩了一阵后又动身上路,爬山涉谷走向远方。

④ 这两句写"我以两族人们手建的天房起誓……"。"两族",指半岛中部有名的古莱氏族和朱尔胡姆族,相传麦加的天房即为他们所建。

⑤ 这两句写哈里斯和海里姆弥补了阿布斯和祖布央两族长期战争中的裂隙。"香囊"即"曼希姆香囊"。"曼希姆",女名,古代阿拉伯香料商。一日,族人将出征,按习俗均挥手入其香囊誓约。不久全军覆没,无一人生还,后人便以其喻为凶兆。

⑥ 这两句写哈里斯和海里姆独立弥补了阿布斯和祖布央两族长期战争中的裂隙。"香囊"即"曼希姆香囊"。"曼希姆",女名,古代阿拉伯香料商。一日,族人将出征,按习俗均挥手入其香囊誓约。不久全军覆没,无一人生还,后人便以其喻为凶兆。

亲朋杀戮身自洁,洁身方宜驱灾气。
正途建誉德高尊,议和首居伟人席。
拱手百驼疗战伤,局外高德解囊急。①
慨然趋和两宿仇,圣手纯洁无血迹。
古币相伴幼驼群,源源送出付血金。
试问鞘中刀与剑?求和誓言感天地。

主前切勿遮阴私,万物主宰识瞒欺。
今生来世还报日,惩罪罚恶确无疑。

众见白刃血纷纷,亲尝战祸哀叹息。②
谁人恣意燃战火,烈焰熊熊扑天际。
碾砣旋压杀戮残,挚友朋辈化粉齑。③
多孕母羊产双胎,几倍成双增悲悽。
凶残育婴血代乳,稚子思杀布凶机。④
战乱结实果万般,独乏荒原产金币。

---

① "局外",局外人,这里指非交战的双方。这两句上下四句,都是赞扬哈里斯自己不是挑起战祸的罪人,却能赠母驼、付血金,使两族永归修好。

② 这一段描写战争。起四句写战争不是信口拈来的故事或含糊的揣想。挑起了战火就是挑起了最可憎的东西。

③ 中四句写战火如碾砣,牺牲的炮灰如同碾子和磨盘间的磨料;战火又如多产的母羊,生下苦难的双胎。

④ 末四句写战火中诞生的婴儿,个个好比宰驼的艾赫麦尔·阿丁,自幼以血代乳。又说战乱带来千种"果实",但它和伊拉克的沃野给村民们带来成桶的金币又有多么大的差别呀!

重誓落地求族安，恶人诬语泄私欲。①
心怀叵测暗揣恨，伺机窥视暂掩抑。
狂言复仇解久渴，千军鏖战止腹饥。②
悍然捕杀弑兄敌，独力手刃避众黎。③
雪光铠剑复仇人，长鬃雄狮铁爪利。
以凶赏恶逞骁勇，攻击人者受攻击。
初战冤魂铺尘路，铁钝血尽暂分离。
恰似驱驼赴水源，饱饮重返干草地。

以君生命发誓言，偿付血金洁如玉。④
矛头未饮涓滴血，劲膂未助操戈人。
独使伤者送惊叹，携来健驼盘山脊。
血金浩浩助善良，善良驱恶阻祸弊。
钱财不尽为高尚，高尚宽和解辞意。

年逾八十增老耄，艰难苦辛烦心底。
古往今世明如镜，明日茫茫不可期。

---

① 这段谴责破坏和约的达姆达姆，借以赞扬哈里斯的美德。"恶人"，即侯赛因·本·达姆达姆。停战前，他的兄弟死于两族战争中，达姆达姆暗中发誓要报仇（故事详见本篇《悬诗》背景部分）。
② 这两句写达姆达姆声一定要达到目的，然后再率千骑大军杀敌报仇。
③ 这四句写达姆达姆避族人，悄悄地杀害了一个祖布央人，殊不知死神已在身旁，又将引起一场全族的灾难。这就犹如紧贴着一头久经战斗的铁爪雄狮。
④ 这一段赞扬本篇主人公哈里斯和海里姆既没杀纳希克又没杀瑙法鲁，与乌哈布和姆赫泽母的死亡也无关，但他们都自愿拿出血金弭平战祸。

死神挥臂盲驼行，中者毙命余者存。①
不习阿谀敷衍事，葬身利齿野兽蹄。
施善卫誉丰功著，逆行伤尊遭辱欺。
为富不仁悭吝心，群舌诅咒众相弃。
守信践约远羞辱，慈心趋善常甜憩。
惶恐畏亡死神至，拾级登天枉然避。②
滥施恩德至卑恶，责谴围身悔无及。
执迷不悟拒和议，矛尖洞穿血淋漓。③
护池无剑池坍塌，待恶温良遭暴戾。
异乡漂泊敌作友，不知自重人唾弃。
品德端庄徒隐瞒，美名宣扬传千里。④
慎语寡言迎崇敬，金口但启添新意。⑤
君子血肉组体躯，心舌二小价无比。⑥
哀翁濒死多暴躁，年过稚幼知持隐。
伸手求施屡心悭，久乞必逢永禁期。

---

① "盲驼"，患夜盲症的骆驼。这两句说死神找人犹如患夜盲症的骆驼，被点中的丧命，侥幸的生存。
② 这两句写怕死的人即便拾极登上了天堂，死神依然会找到他。这两句写怕死的人即便拾极登上了天堂，死神依然会找到他。
③ 这两句写热衷不义战争的，战争必使他卑贱软弱，死无葬身之地。古代阿拉伯人在战争中若以矛尾对敌则和，反之则战。
④ 美好的品德无法隐瞒，你以为大家不知道，其实名扬千里。
⑤ 慎言的人博得人们的敬重，一开口别人就尊重你。
⑥ 阿拉伯俗语：人的价值在二小——心和舌。

关于祖海尔和祖海尔的《悬诗》

（一）生平

祖海尔（全名祖海尔·本·艾比·苏勒玛，约530年—627年）父名莱比阿，阿拉伯半岛北部内志姆达尔族诗人，青年时离家出走，入赘厄特法族。祖海尔自小便在母亲的部族里成长，母亲是祖布央族人。他瘫痪的舅父（白沙迈·本·厄迪尔）是本族有名望的诗人，年幼的祖海尔终日厮守在他身旁。舅父沉着镇静，不苟俗流，好为部族排解纠纷，这对祖海尔以后的习性影响极大。稍长，他又拜父族酋长（后成为其继父）奥斯·本·哈吉尔为师，尽得两人所学之长。后来，祖海尔成为奥斯的"传诵人"，即以厄特法族唯一代言人的身份出现于诗坛。

祖海尔家学渊博，诗道兴隆。家里除父亲和舅父是诗人外，两个姊姊赛勒玛和汉莎都是阿拉伯半岛的名诗人，后者以写哀歌著名，其悲悼亡弟的诗篇至今为诗坛所传诵。祖海尔的长子喀阿伯有不少作品流传至今，最有名的是一首他改信伊斯兰教后的长诗《襄衣颂》，这首作品被视为唯一描述伊斯兰教运动的史诗。在祖海尔的家庭中，二子布及伊尔、长孙欧格白、重孙欧瓦姆都是历代名诗人。

有关祖海尔的生平事迹流传下来的很少。后人只知道他最初仰慕热衷和平、慷慨好义的贵族海里姆·伊本·悉那尼，于是投身其门下，专为他写诗。祖海尔流传下来的诗篇大多歌颂海里姆的品质及其事迹，海里姆亦深爱祖海尔的诗才，每有所作，必赐予大量金钱和礼物。

祖海尔为人庄重沉着，宽厚仁慈，好行善，恶争斗，常为人调解纠纷，以至在蒙昧时代著名的七位《悬诗》作者中素以"有德者"著称。这个"有德"并不意味着他的诗歌创作中充满说教，抑或引出道德教训的寓意，只说明他身上存在着伊斯兰教第一代信士们所推崇的一些特点，诸如六世纪末阿拉伯半岛中部崛起的宗教意识以及他的年高德诏等。伊斯兰教第二代哈里发欧默尔称他为"诗人中的诗人"，认为他"不沉溺于晦涩迷茫，从不使用古怪字眼"。跨时代诗人何特雅不无夸张地说："我从未见过任何一个诗人在表达思维的过程中，如此紧锲不舍又如此灵活地驾驭着诗韵这匹神骏。"伍麦叶王朝诗人吉里尔（653年—733年）和后期的文学评论家阿赫奈夫都认为祖海尔是"伊斯兰教以前时期最理想化的诗人"。伊本·古太白（889年卒）认为祖海尔的诗句中闪耀着宗教与自制的成分，《悬诗》中的下列两句，往往被引用为诗人笃信人类在世界末日大审判的复活日中的情景：

那就万勿在主前隐匿心事。
主深晓心中一切秘密，

> 主能延宕惩罚，等待复活日的清算；
>
> 也可立刻揭穿，使报应即时降临。

似乎可以认为祖海尔最初是个基督徒，后来改宗伊斯兰教。有史料记载，他是个百岁老人，死于回历纪元之后，先知穆罕默德见到他时，高呼道："别让我中了他的魔。"（古代沙漠中相传诗兴是由精灵的灵感激发的。）

无疑，后人所说的祖海尔的道德，不是指他诗歌的道德风格，而是指他的诗作中由六世纪末阿拉伯半岛上的宗教意识和他的高龄这两个因素组成的内容。哈里发欧默尔称他为"诗人中的诗人"，意为他从不使用古怪偏僻的字眼，诗句从不令人感到晦涩朦胧。他的弟子，诗人霍推伊阿说过："从未见过任何人像我老师那样如此灵活地骑在韵律的马背上，无视周围的责难与颂扬，坚定地、深思熟虑地手执缰绳，驾驭着坐骑驶向既定的目的地。"当然也有人从中挑刺，他的反对者就曾笑话他的诗中有一段关于青蛙的描写：

> 他们跳出混浊的水渠，爬上椰枣树，
>
> 生怕被忧愁的海水淹死。
>
> 他们认为蛙是不怕水的，上岸只能是在河滩上产卵。

伊斯玛仪勒最先收集了祖海尔的诗歌，尚塔马里作了修订，后来，瑞典学者莱德伯格在《古代阿拉伯人》（1889年）第二册中收录了这些诗歌。伊本·纳迪姆还提过叔卡里和伊本·安巴里（939年卒）编纂的修订本。但莱德伯格的版本似乎更好些，它完全取代了1944年埃及国家图书馆出版的艾哈迈德·泽基的版本。这里还有一段故事：

1869年，德国阿拉伯学者苏新和帕里姆在去远东的旅行中发现一位私人收藏家有祖海尔诗集的古籍手稿，收藏家不肯出售，但允许在普鲁士王储进入大马士革那天让他们抄录一个完全的副本。

1873年苏新第二次去大马士革时，再次去找了手稿的主人艾明·泽吐尼，最后买到了这部曾经多次易手的七世纪前的珍贵古籍——加注的祖海尔及其子喀厄伯的诗歌选集，抄写是在1139年4月24日完成的。苏新带着这部珍本回到德国，和帕里姆一起写了一篇简单的说明《祖海尔和喀厄伯诗集》，这篇文章发表在德国东方学会第三十一期会刊上，文章说，抄本扉页上的说明及注释由著名学者赛阿赖布执笔。

1892年，德国人代洛夫在慕尼黑出版了《祖海尔研究论文集》。1908年，克伦柯拿到了大马士革副本，1910年又得到了正本。第二次世界大战后，德国的考华尔斯基教授开始翻译祖海尔的《悬诗》，1950年他逝世前，在波兰科学院协助下，译文终于出版。早在1934年，这位德国教授为伊斯兰百科全书撰稿时就写过：祖海尔的作品除《悬诗》外，留传至今的只有三集，最早的是苏卡里（888年卒）的版本，现为德国东方学会收藏；库法的语法家赛阿赖布（904年卒）的修订本有两本手稿；第三本是缩本，收有西班牙学者阿兰姆的注释，为目前多种印刷版本的依据。

1913年，里奇尔接连两年先后在伊斯坦布尔刊印了安巴里（939年卒）关于塔拉法《悬诗》的注释，并在《东方日刊》上发表了有关祖海尔诗歌的评注。

五十年后,威廉·琼斯的译文发表,A.T.阿尔白雷的译文是最新的版本。

祖海尔《悬诗》的阿拉伯文版1792年在莱比锡第一次出版,此前已有威廉·琼斯的拉丁文译文。

(二)关于祖海尔的《悬诗》

在阿布斯和祖布央两族间发生的达希斯战争,绵延了四十年之久。可能由于双方都厌倦了如此血腥的无谓争斗,两族人终于在七世纪初的一天达成了停战协议。但祖布央族侯赛因的兄弟哈里姆在战争中被杀,在停战协议生效前,他起了一个重誓:在兄弟的血仇未报之前,他绝不洗头。一天,一个阿布斯人踏进祖布央族人帐内,侯赛因挥刀把他杀了。这件事引起了骚乱,大酋长哈里斯为了制止两族间又将爆发的战斗,把自己的儿子和一百头壮驼送到阿布斯族那里,希望他们"要驼血而不是人血"。哈里斯诚意的斡旋终于感动了阿布斯王子莱比哈,他送回大酋长的幼子,接受骆驼为血金,为至诚和永久修好,与祖布央人签下了和约。

耄耋之年的祖海尔为纪念这一可贵的行动,以达布斯战争为主题,在两族停战后不久,写下了这首歌颂哈里斯和哈里姆的不朽诗篇。

诗人和朋友在旅途中认出了二十年前情人驻足过的营地,旧地重游,虽然感到寂寞又荒凉,但昔日欢聚的情景却温暖了他的心,他恍惚在一群姑娘中辨出了情人婀娜的身姿,便着意描写了这生动可爱的场面。随后《悬诗》又立即转向歌颂两位和平倡议人及其部族痛责侯赛因积怨的内容,他赋战争以人格化,以高度的隐喻描写战争的残酷。结尾是连串格言。

这首《悬诗》所用的韵律,与乌姆鲁勒·盖斯和塔拉法的《悬诗》相仿。

全诗共64诗行,可分为两大部分。

第一部分(1—15诗行)是例行的情诗部分。诗人设想他和朋友一起认出二十年前情人的宿营地。旧地荒寂凄凉,一片废墟。诗人回忆往日欢情,联想翩迁,眼前浮现出昔日情人的女伴们登山巅、下谷底、嬉戏于水潭的情景。

第二部分分为四组:

16—25诗行:赞扬两位调停者及其部落;描述缔结合约的情景。

26—32诗行:给言归于好的部族进忠言,收尾描写战争并提醒阿布斯族切莫让复仇之心抬头。

33—45诗行:为祖布央族辩护,谴责侯赛因破坏和平。

46—62诗行:誓言和成语。

祖海尔在七大《悬诗》的作者中名列第三,是昔日贝都因游牧部落间公认的仲裁人、调解人。从创作实践看,他能做到在思想、言谈、立行中贯彻理性的教益——一种朴素的、近乎本能的、物质的理性,故被人称为哲理诗人。四十年无谓的杀戮,使他在晚年更加痛恨和厌恶社会上的不义和战争。祖海尔对于社会不义的厌恶与乌姆鲁勒·盖斯和塔拉法(名列第一、二位的《悬诗》作者)不同,后两位诗人是以一种玩世不恭的目光看待并描写社会上的瑕疵与不义的，但祖海尔描写的是执意要改造的社会，对新生活抱有信心的社会。他目光中的幸福不是金钱美酒，而是和平和理想化的美德：要求人们忠义知足、守约戒恶；鼓励社会慷慨大度、力求和解。他歌颂哈里斯筹资支付血金的行为："血金浩浩助善良，善良驱恶阻祸弊，钱财不尽为高尚，高尚宽和解敌意。"所以，后世的评论家也称他为"调解诗人"。

祖海尔被公认为蒙昧时代最杰出的描写诗人之一，尽管在描写手法的运用上没有盖斯和塔拉法成功，但在这一艺术形式掌握上却比他们更前进了一步。祖海尔的理性并不妨碍艺术上对于比兴手法的运用以及运用形象思维进行创作。诗人要求的夸张形象容易为贝都因人所接受，不仅写出了事物的表象，而且更加具体化，成为在精神和物质上都可感受的有血肉的东西。例如他对战争的描写："碾砣旋压杀戮残，挚友朋辈化粉齑。多孕母羊产双胎，几倍成双增悲悽。凶残育婴血充乳，稚子思杀布凶机。"这里，他把无谓的杀戮，战争对人的残害喻为磨盘里的籽实被化为齑粉；他把这场四十年的战争比作多产的母畜，一年怀孕两次，一次双胎。母畜高产无疑是好事，但他将其反喻数十年战争的破坏愈演愈烈；他还把婴孩比作战争的产物，以血充乳，满布杀机。祖海尔在一首诗中描写泪流如注时曾写道："蛙龟争欢出水渠，跃上树桩防溺毙。"他把渠水比作泪水，水量之大，连蛙龟之类的两栖动物都怕溺毙而跳上椰枣树桩，这在暗喻中怕是绝无仅有的了。

祖海尔诗歌最大的特点是大量而且恰如其分地使用格言或警句。后人多以这些来自生活的格言警句作为行动的规范并以此了解古代贝都因社会的政治状况。《悬诗》末尾部分的格言既是一种自然生动的引喻,暗示他年迈德劭的高龄,又是他由所处形势联想的数十载道德修身的教谕,"执迷不悟拒战和,矛尖洞穿血淋漓",诗人谆谆告诫新近和解的本族乡里及歃血为盟的部族,要警惕复仇思想的抬头,否则将"不知自重人唾弃"。

祖海尔的创作风格整肃严谨,特别注意素材的准备。据说他往往成诗一年,即写成后反复琢磨修改,一年后方始问世。

根据创作技巧,古往今来的文学评论家把诗人划分为两大类。一类是自然主义派,另一类是技巧派,祖海尔显然属于后者。祖海尔的诗歌具有严谨的韵律,诗句反复推敲后才入诗,因此,他也成为技巧派中被推崇的大师,技巧派也因此被称为祖海尔派。他之所以被称为"诗的奴隶",主要就是他与自然主义相比过于注重技巧修饰。阿拉伯现代文学评论家绍基·笛格在《论诗歌的艺术及其流派》一书中援引历代评论家对祖海尔的评价说:"作诗时明智安详,不为欢乐滋扰,不为激情玩忽。古诗的形式及至祖海尔最终定型,即有前导,有题材,有收尾。人们不再感到诗行中有堑沟迷津,不会看到盖斯和塔拉法诗歌中大段强入的题材和情景,而是代之以密实和严谨的结构。"

祖海尔有诗集一卷。相传首先在八世纪由哈马德和伊斯马仪勒收集。校订本于939年由伊本·安巴里手抄并附有赛阿莱布的注释,该抄本于19世纪为两位德国东方学家发现。不过早在1792年,莱比锡就有了祖海尔《悬诗》的阿拉伯文印本。

英、法、德、拉丁文的祖海尔译本自19世纪80年代后陆续问世。

赖比德·本·拉比阿

百岁老人

661年，穆阿维叶在耶路撒冷登基哈里发王位那天晚上，在库法附近努希勒城的一所房子里会见了被谋害的阿里的儿子。房子里住着一位垂死的老人。这位老人他已有一百五十岁高龄，来访者在他耳旁悄声述说着穆斯林的信条。这时，一段奇幻而漫长的回忆，在老人模糊的脑际逐渐闪现……

这一天是先知穆罕默德迁徙麦地那四十周年。老人看着先知出生、宣教、留下《古兰经》后又去世，而这一天正是先知在麦地那长眠三十年的忌日。三十年来，穆斯林已经流淌了大量鲜血，除了因为征战，还因为他们之间的各种矛盾和纷争。

老人仿佛听见穆罕默德在说话！哦，不！是欧默尔——第二任哈里发在说话："背诵几节你的诗歌吧，赖比德！"他喃喃背诵的是什么？是《黄牛章》，《古兰经》中最长的章节。"我再也不作诗了，"他告诉欧默尔，"自从真主教会我《黄牛章》后，我再也不写诗了。"这是老人怀着巨大的热诚在信仰伊斯兰教的日子里发下的誓言。看！今天他依然恪守着自己的诺言。

这位德高望重的诗人决定定居在这座新的要塞都城——库

法时,儿子们早已回沙漠去了。眼下,他们在哪儿呢?可能已经死了。今天,他的床前只有一个侄子,老人对侄子说:"孩子,我没有死亡,只是凋谢枯萎。当我的灵魂走向天堂,你把我的遗体用我自己的长袍包裹,运回麦加,不必为我恸哭。"他又指指床前说:"细心照看这两个钵盂,这一辈子,我都在用它来周济贫苦大众。我死后,你要把它们盛满食物,带到清真寺,在教长为贫苦者祝福时,将食物施舍给他们,并说:'来吧,来参加你们兄弟的葬礼吧'。"老人抬起头,用颤抖的声音吟诵道:

殡葬你父亲,先架板,后填土,
麻石塞紧每边的缝柱,
不让他的脸颊贴上湿土与潮气,
直至遗骸化为灰尘与土粒。

他睁开疲软的眼皮,看到站在床边的两个女儿正在悲伤地哭泣。他说出了最后几句话,居然又是一首诗:

我女儿盼她父亲长生不老,
难道我能比春天更年少?
一旦他遵主的召唤魂归天堂,
千万别批颊扯发痛苦号啕。
告诉人们:"你父亲从不背信弃义,
他不弄虚作假,不腹剑口蜜。"
如此宣传我的周年忌日,你有福了,
但整年悲恸的人也要分清瑕瑜。

在那人生的最后几个时辰里,赖比德童年时期的癖好又在他心中复苏——在先知召唤他迈出庄严的一步前,诗歌曾是他酷爱的东西。

580—602年,正是蒙吉尔四世的儿子努阿曼三世在位、臣属波斯的时期。这位在家族里唯一受洗礼加入基督教的赖赫米王朝末代君王十分宠爱诗人。他的宫廷里养着大批宫廷诗人,其中有当时最负盛名的大诗人拿比厄。努阿曼在位期间,邻邦阿米尔族和阿布斯族争斗激烈,双方都请这位君王仲裁,想利用他的威名挫败对手。一天,努阿曼邀集双方代表团来到他的希拉宫廷,以部族美德为题进行辩论。七岁的赖比德作为阿米尔族代表来到了这个豪华的宫廷。这是赖比德第一次有机会在调解纷争中作为一个受人爱戴的部族战士跻身于诗人的行列。

赖比德的全名是艾布·阿基尔·赖比德,诞生于蒙昧时期无休止的沙漠争斗让路于短暂和平的年代。他的父亲素以慷慨闻名,被誉为"乞丐的春天";叔父嗜好舞刀弄枪,素有"枪手"的美名;母亲是阿布斯族的后裔,因此,赖比德对这场"达希斯战役"有着特殊的兴趣。

以诗文冠名于中部阿拉伯半岛的这个年轻人,声名早已超过当时的名诗人拉比阿,而且随着每一首新诗歌的出现,他益发博得众人的爱戴。他一再声明,除非《悬诗》创作完成,否则他的诗歌一概不许在半岛上抄写流传。原来他一直在暗中使劲,决心要在诗歌上让自己至少名列乌姆鲁勒·盖斯和塔拉法之后——位居第三。

话归正传,赖比德随同阿米尔代表团一起来到了希拉王宫。仲裁席上的主裁判拿比厄注意到了坐在宫殿门口叔叔身旁的这个不起眼的孩子，便向左右询问。了解了他的世系后，拿比厄破例起身到赖比德跟前问道："孩子，你长了一双诗人的眼睛，会作诗吗？""会的，大叔。"赖比德毫不犹豫地起身回答道。"那么背点儿你自己写的诗。"赖比德从容地朗诵起来：

"她难道不曾在春季住过沙漠营地？……"

"孩子，"拿比厄喊道，"你是阿米尔族最出色的诗人，让我再听一些。"这次，赖比德吟的诗句是塔拉法《悬诗》开始的赞美部分，这也是这位年轻诗人想一鸣惊人的大胆尝试。拿比厄一拍大腿，高喊道："坐下，好好努力，你将是盖斯族的一流诗人。"此后，果然不出所料，赖比德的声誉随着他吟诵的每一首新诗而蒸蒸日上。

630年前后，赖比德皈依伊斯兰教，成了一名穆斯林。那年，他随同代表团出使麦地那，在承认穆罕默德为真主使者的基础上，联合各族建立新的联盟。如果说伊斯兰使他的诗兴大减是后人的杜撰，那么事实上，后三十年的岁月中，他极少创作诗歌。衰老，当然是另一个因素。在他110岁生日那天，他问道：

百岁老人还剩多少生命？
我却百尺竿头再有十进。

在他120岁生日那天，他发出了厌倦的呻吟：

人们问得我心烦："赖比德你活得如何？"
时光征服人类，唯有光阴永存长河。
它无限更迭，日新月异，永远延伸，

我静观白日来到，随后是黑夜降临，
夜以继日，貌似分离，交替轮回。

有一则故事，说明赖比德的女儿也是一位诗人。赖比德是慷慨的阿拉伯人中之佼佼者，年轻时发过一个誓，只要他施舍，东风刮不起。他有两只钵盂（前面叙述过他临死时吩咐照看的遗物之一），从早到晚都盛得满满的，为贫苦饥饿者服务。一天，库法城总督沃里德·本·阿格白在任上讲话时，忽然刮起强劲的东风。沃里德登上宣讲台，要求听众们耐心等待，他说道："你们的兄弟赖比德在蒙昧的年代里发过誓，只要他施舍，东风刮不起，今天刮起了东风，我们该怎么帮他一把呢？我首先响应。"他走下讲坛，给赖比德送去一百头幼驼并附诗一首：

东风阵阵在呼啸，今日屠户磨肉刀。
隆准高额帝王相，双臂直伸如快刀。
杰厄法尔不食言，尽管财力少又少。
日薄西山宰肥驼，东风呼啸掀战袍。

此时赖比德已进入古稀之年，由女儿代他管家处事。读了这首诗后，他对女儿说："你去答复他吧，我已年迈，实在不想和一位诗人舌战。"他女儿回赠诗歌一首，为父亲解了围：

一旦东风起呼啸，
我求陛下来帮教。
高隆鼻，帝王相，

伸出巨掌来救赎。
赠我骆驼百十峰,
求主保君得幸福。
剔尽驼骨煮肉汤。
再给些,慷慨的人!
发誓你会都送到。

"好极了,"赖比德叫出声来,"就是不该再伸手问他要。"

"为什么不该?"女儿回答,"国王不会怕别人问他索要东西的"。

"从今天起,你是一个真正的诗人了。"父亲哈哈大笑。

尽管伊斯兰教义教导赖比德,生活中有比诗歌更值得为之奋斗的东西,但热衷于教义的一颗心并没有使他在诗坛上变得更为谦虚。一天,礼拜寺里某部族的一个使者问赖比德:"艾布·阿基尔,你的兄弟们向你致意,并希望你告诉他们谁是阿拉伯最杰出的诗人。"

"漫游的君王,生疮疤的人。"他指的是乌姆鲁勒·盖斯。

"谁次之?"

"白克尔族被谋害的青年。"赖比德指的是塔拉法。

"谁又次之?"提问者毫不放松地追问。

"拄龙头拐的人"。说完,拄着龙头拐的赖比德便吟诵起自己的诗句来:

最上乘的战利品是畏怯真主,
真主同意,我才敢后退或迈步。

我赞美真主,
真主是独一、睿智、万能的。
被他引上正道的,
潜心地获得正果。

之后,他的宗教诗歌里,常常一字一句地引用《古兰经》的诗句。"真主宽恕我",他的诗作最后总要加上这一句,生怕他的自负将来可能遭人非议。

他自己说,他曾是一个典型的贝都因诗人,夸耀自己的尚武行为和本部族的优点:

战争发出警报,
他们披上盔甲,
环带像星星闪烁,
他们的荣誉洁白无瑕,
他们的事业大有作为。
哪怕是小小的意愿,
也不带任性的欲望。

伊斯兰帝国第二任哈里发欧斯曼也常常和群众一起围坐在赖比德周围,听他诵诗:

主救万物,除却荣华虚浮,
欢乐与肉欲如过眼烟花。
当主翻开审判日的账册,

是非曲直，善报恶报
只等他来发话。

据说，麦蒙的幼弟，哈里发穆阿台兹姆十分欣赏赖比德的诗歌。一天晚上，他和知己畅饮，酒酣之际，猛然问道："谁能背诵赖比德的这首诗歌？诗歌的开头应是：

我们凋谢了，但天穹的星星永不消逝。
我们逝去了，但山丘与高塔永留人世。
我们曾共住一间窝棚，值得赞颂。
难道我真正的避难地——伊尔比德的邻居，
如今却离我远去，永不回？"

穆阿台兹姆想起去世的兄弟麦蒙，哭了，眼泪顺着脸颊往下流，说："诗里说的这个人就是我的兄弟，真主会宽恕他的灵魂。"说完，他不等旁人开口，自己诵完了全诗：

如果时光让我们永远分离，
不要悲伤，这一天终会来到。
当命运落在每个人头上，
人们就像在荒原上野营。
居民将在黎明时迁移流浪，
一队队孤独地走向远方。
只剩下身后寂寞的营地，
像一只虚握拳头的手掌。

人生只是一堆熊熊的篝火，
灿烂的光辉把周围暂时照亮，
随即烟飞火灭，仅剩灰浪。

人有隐匿的观念，虔诚的意向，
巨大的财产只是贷款和赊账。
我厄运当头，前途叵测，一片茫茫。
我折腰弓背，握紧支身的拐杖，
述说着历代的倾轧、欢笑与悲伤。
我像剑鞘锈蚀的宝剑，光华荡然，
但剑尖依然锋利异常。
别忙，死亡试图和我们共存亡！
它过来了，哦不，早已在我们身旁。

孩子们去远了，谁能再领回！
时光对勇士的销蚀，你可哀伤？
以你生命发誓，投石惊鸟之徒，
难道还有不曾被命运击倒的时尚？
何以得知真主的天意和心殇？

　　伊斯玛仪勒修订本中收集的尚塔马里的作者注释里，本来不包括赖比德。后人今天能看到《赖比德诗集》，要归功于波斯语言学家艾布·哈桑·阿里。根据伊本·纳迪姆的记载，伊斯玛仪勒、苏卡里、艾布·阿默尔·沙巴尼以及伊本·西基特都出版过赖比德的诗选，但这些古籍不幸散失殆尽，目前仅存于世的只有吐西收集的 20 首诗，还有后来陆续发现的 35 首和现代东方学家从古籍中收集的一定数量的残缺片断。

艾布·哈桑·吐西的生平材料实在少得可怜，生卒年月不详。相传他和伊本·西基特是死敌，两人都师从纳恩拉·呼拉桑尼。老师去世后，对于老师著作中的内容，两人争执不下，继而反目。吐西生前"曾出席所有库法和巴士拉语法学家的会议"，听得最多的是阿拉比的讲学。如果这是事实，那么他应当生活在九世纪中叶以后。博学的纳迪姆说他写书必经独立思考。吐西的成名作是赖比德和乌姆鲁勒·盖斯的注释本，雅古特①的《文学家实录》中认为吐西是位诗人，但足以佐证他才华的只有三段伤感的两行诗：

数九严寒逞威虐，
身披单纱为学业。
北风阵阵呼啸过，
翻起衣衫裸出肩。
隆冬腊月逆风急，
读尽杂学有何益？

吐西有一个儿子，可是纳迪姆对他所知甚少，只提到"他是一个传诵人"，"在他父亲的著作中为各族人民的逸事及名家的诗歌写补遗"。

1880 年，维也纳出现吐西注释的赖比德诗歌集，自称维也

---

① 1178 年—1228 年，文学家，词典编纂家，著有《文学家实录》。

纳皇家东方学会教授的优素福·迪雅丁·哈里德，声称有此孤本。这本装帧优美的小册子出现的年代，正好是德国各大学对古老的阿拉伯诗歌开展全面研究的时机。

许伯博士英年早逝，留下了一份哈里德孤本的草译本，经译者母亲同意，这个译本于1891年由卡尔·布罗克曼[①]校订出版。译本采用1880年5月23日麦地那出版的赖比德诗集补编作介绍。此后，未曾再见任何有关赖比德诗歌的译本问世。

1826年，赖比德《悬诗》的阿拉伯语单行本首次在隆德出版，编者是比尔布格。显然，他受到了布尔曼尔1824年出版乌姆鲁勒·盖斯《悬诗》的鼓舞。1828年，祖泽尼（1093年卒）的赖比德《悬诗》注释本在伏拉梯斯拉夫出版。其实早在1806年，法国学者西尔弗斯特·德萨西已先于德国出版了他的三卷本《阿拉伯简史》，随后在1810年又出版了两卷本《阿拉伯语法》。1816年，拿破仑被流放圣·赫勒拿岛期间，皇家出版局印行了德萨西编辑的《卡里莱和迪姆乃》[②]故事集，在其中的比特拜哲士的神话故事中，德萨西把赖比德的《悬诗》（阿法对照）也包括进去了，前言中还摘译了《诗歌集成》中有关赖比德的小传和他的前记：

"当我将这部文笔流畅的散文著作献给爱好东方语言的年轻人时，我认为他们会感谢我。感谢我向他们介绍了《悬诗》中的一首诗。《悬诗》是阿拉伯民族精品著作中最受重视的一种。这些诗歌都曾悬挂或张贴在麦加圣殿、古老的建筑以及令人敬

---

① 德国著名东方学博士。有《阿拉伯文学》（1898年）、《阿拉伯文学简史》（1901年）等大量古典阿拉伯文学研究著作。

② 著名印度比特拜神话故事集。内容多为抒发哲理、劝人为善的寓言故事。

仰的天房的大门上。其中许多著名的诗歌都用原文发表过，我在这里介绍的赖比德的《悬诗》也用原文发表过一部分，不过不太令人满意。发表原作的同时，我附上了祖泽尼的全部注释。我一直认为法译本也应同时发表。"

目前流行的英译本为威廉·琼斯的版本。

赖比德的《悬诗》

在那遥远的米那,
在那奥勒、里加姆和拉牙努山脚,
她①定居和憩息的住处,
都已寂寞冷清,一片静悄悄。

狂暴的山洪无情,
冲刷改变了旧宅的面貌。
昔日的影迹,
如残破书页在碛石间乱抛。
当年的居民早已离去,
旧时的场院已被弃置和遗忘。
我在这里度过了多少个禁月,
也不知目睹了几次开戒②战鏖。
晓云蔽日时春雨初降,

---

① 指臆想中的情人。
② 禁止打仗的月份是禁月。允许开仗为开戒。

雷击黄昏时夏雨倾注，
冬夜洒下了绵绵细珠，
四季甘霖育肥了这里的牧草。
婀娜鲜翠的水芥菜，
在雨谷的两侧伸枝展腰。
幼羚群起相随，
鸵鸟蛋个个荧光闪耀。
大眼母牛慈祥的目光，
正把新生的犊儿拥抱；
幼子转眼集聚成群，
在沙漠中尽兴奔跑。
洪流涤尽蒙蔽的尘土，
旧址重又展出新貌。
仿佛笔杆再次挥动，
把书页一一写描。
又像再次撒上黑粉，
使笤青图晰纹昭。
我站下，痴情发问，
能否把昔日的定居者寻找。
但这冰冷的砾石，
又如何能消除我的心燎舌焦。
这里已满目凄凉……
遥记当年，族人①晨晓出发，
留下的只有水沟和稗草。

---

① 指情人的部落。

女眷掀开帐门，钻进驼轿，

那一刻，眷恋和希冀在我心中燃烧。

驼背上搭起别致的驼轿，

周边遮帐长垂，

轿帘竟把轿杆隐藏。

丽人们娉婷玉貌，

如白牛稳坐壮驼中腰，

个个娇柔恬静，

似母羚向幼子送出慈祥的微笑。

冲破晨雾，告别蜃景，

浩浩驼队像比舍河谷弯流处的巨石，

又如那里的大树狰狞张傲。

乃瓦尔①早已远去，

你对她的印象还留有多少？

昔日的情意，断续的消息，

无论它像旧绳般孱弱，

还是如新绳般结实，

到如今都已断裂消失。

这姆尔耶的姑娘②，

时而在希贾志，时而在法代落脚。

两地相距遥远，

相会的希望如叶落东西隐约缥缈。

---

① 指情人的名字。
② 指情人乃瓦尔。

两山①的东侧和姆哈吉尔在欢迎她，
孤山和连绵的土地滋润着花苞。
每逢她远赴也门，
总会来苏瓦伊古，
或在维哈夫·该希尔歇脚，
或在陀勒哈姆操劳。

对那些不珍惜友情的人，
劝君把痴心的线绳砍断。
他们丑恶地背弃真诚，
更把友谊忘掉。
谁投入了纯真的情谊之桃，
我必以挚爱之李涌泉相报。
一旦友情的步履蹒跚倾侧，
一定要断绝联系迅速绝交。
这种绝交不可耽搁，
一如乘上健驼疾驰奔跑。

这母驼久经辛劳，
已练就得体轻健矫。
壮突的肌腱鼓鼓隆起，
轻易地挣断了束身的皮条。
在辔头的驾驭下它风驰电掣，
恰似洒尽雨水的一朵红云

---

① 两山指埃加山和赛勒玛山。

任南风吹飘。

这母驼如奔驰的孕驴,

把身后追赶的白斑公畜

引逗得妒火中烧。

它把母驴赶上山包,

母性的反抗和害口增加了

它的怀疑和烦躁。

于是,它扬蹄踢伤情侣,

平息了心中的疑虑和焦恼。

它登上塞勒布特之巅环顾搜索,

把猎人捕索的标记细细寻找。

在那里,和爱侣相伴度过了

六个月的寒冬,

共同迎接春天的来到。

彼此制约,相互友好,

啃食爽口鲜嫩的春草。

但荆棘载途刺痛了它俩的蹄脚。

夏风吹来的暑热干燥,

狠狠把它俩的身体炙烤。

公驴"奔赴水源"的远见,

成为行动的指导。

坚强有力的决心,

正是希望和成功的依靠。

于是,向水源,双双竞相奔跑,

一路上烟尘似掀起的衣裙,

更像灶下滚滚炊烟蒸腾飞飘。
烟气云兴霞蔚，
是干柴送它随北风飞跑；
烟雾回环旋转，
汇集在旺火的湿柴上盘旋缭绕。
这对爱侣遵循以往的习惯，
母驴撒欢在前，公畜在后卫道。
欢快地来到了溪流中央，
但见古莱姆草繁茂丛生。
拨开倒伏缠结的蒲草，
盈盈清潭在眼前闪耀。

我的母驼是像那母驴，
还是像那焦急寻子的母牛？
它托前行的野牛把孩子照料，
但犊子却被猛兽叼跑。
亲娘发出哞哞的哀号，
在沙间的硬地上徘徊奔跑。
地上一片残肢断臂，
爱子早做了灰狼鬣狗的佳肴。
狗、狼利用野牛的疏忽，
死神岂能错过目标？
暗夜洒下凄凄细雨，
把光秃的沙地润泽灌浇，
让树木丛生的土壤喝饱。

雨滴拍打着母牛的脊背，

乌云遮尽头上的星照。

失去幼犊的它，

独自挨过了漫漫长宵。

蓦地一颗孤树出现在地平线上，

它急急想往根部的洞里靠。

无奈枝枯叶落，

风沙反击中它半截身腰。

洁白的躯体照亮了夜幕，

如散落的贝珠皎洁闪耀，

黑暗终于散尽，

晨曦朦胧初照。

它急忙离开避雨的地方，

在潮湿的土地上滑跌奔跑。

冒着酷暑的炎热，

徘徊了整整七个白天和晚上。

踏遍苏阿伊德的溪畔和谷地，

惊慌地要把爱子寻找。

但寻觅的道路充满失望，

待哺的幼子踪影杳杳。

奶汁涨满了乳房，

忍受着撕心裂肺的煎熬。

忽然，隐隐传来人的声音，

虽未见踪影，但心儿早已悸跳。

人必定捕杀兽类，

眼前已呈现出凶兆。

它魂飞魄散，仓皇奔跑，

只觉得身前身后都被危险笼罩。

猎人举起箭矢，

却久久射不中目标。

于是，放出了垂耳纤腰的猎狗，

恶狠狠地向白牛两侧包抄。

白牛早备好修长的双角，

像一对锋利的塞姆哈尔长矛①。

它苦苦鏖战，怀揣坚定的信念：

若不击败扑上身来的敌人，

死亡正频频举手相招。

终于，鲜血染红了凯萨布②的皮毛，

撒哈姆又被果断地撂倒。

午前的山岚飘忽游弋，

给起伏的青山披上迷蒙的外套。

我冒着骄阳烈日，

催赶着母驼奋力奔跑。

备尝艰辛，从不敢懈怠松弛，

却无力杜绝身后的谩骂与恶嘲。

乃瓦尔不曾知晓，

---

① 赛姆哈尔是巴林地区海塔村人，以善于矫正枪、矛闻名。因此，好的矛枪便被称为赛姆哈尔长矛。

② 凯萨布和撒哈姆是两只猎狗的名字。

我择友素来认真严肃,

只与值得交往者结为友好,

和应该决裂的毅然断交。

只要死亡未曾来到,

我决不会把心儿眷恋之地远抛。

你可曾知道,

多少个温暖的夜晚,

在不尽的欢情中,

我和族中名士对饮通宵。

酒家屋前的招旗刚刚挑起,

我们已纷纷来到,

可是酒资昂贵,存量又少。

我慷慨掷下千金,

才换得一黑皮囊佳酿。

急急撕开封记,尽情飞酒杯舀。

舀不尽汩汩琼浆玉液,

任众人开怀豪饮!

歌女纤指弹拨,

食客沉醉于轻弦软调。

乘人们睡酣梦美,

乘公鸡尚未报晓,

我们开怀畅饮,

从不让杯盏空抛。

多少个北风呼啸的拂晓,

我独揽烈风的缰索。

宰驼烹肉,

为人们驱散严寒的料峭。

为了捍卫部族的利益,

前行的快马驮着我们的武器。

我紧握缰绳,

随时准备驰骋腾跃。

攀上尘埃滚滚的山巅,

敌人的战旗就在眼前扬飘。

但我始终勇敢监视,

不曾有半点退缩动摇。

眼见太阳已用双手抚摸夜的身躯,

黑暗正把危险的地方笼罩。

这时,我才返回平地,

昂首的短毛驹更显桀骜。

伟岸的身躯如枣椰树高耸参天,

令采摘人紧锁眉梢。

我扬鞭催程,

马儿像鸵鸟般疾步飞跑。

轻捷的身躯一次次腾空飞跃。

皮鞍在背上迅速滑跳,

热汗如雨浇湿了胸前的绳套。

但它扬头奔腾展雄姿,

快如奔赴水源的鸽子,

划破蓝天,穿透云霄。

记得正是那块场地,

陌生的人们在这里相聚,

赏赐、赠礼令众人期望,

污辱、指责让人心惊跳。①

仇恨嗾使双方相互威逼,

梗起粗粗的脖颈如雄狮般狂暴。

他们如白迪②的精灵,

在争斗中固执狂傲。

但我言词铿锵,

击败了他们的虚妄,

弘扬了手中的真理,

谁人能与我竞比自豪?

任酒友拿出相同的无羽箭,

从我的驼群中

把心仪的美味选挑。

我箭签的选择是:

慷慨杀掉不育驼和产仔驼③,

把鲜肉分到比邻的炉灶。

这些陌生的乡邻们,

在百产丰登的季节,

---

① 指当年希拉德国王努厄曼·本·门既尔设宴,席间,赖比德和诗人拉比阿·本·齐亚德之间发生了一场辩论。据记载,辩论中后者多次说话吞吐,踌躇不决。
② 地名。
③ 不育的驼肥壮,与产下一仔的驼均属珍贵的好驼。

来到了台巴莱富庶的山岙。

衣不蔽体的病弱女子,

在我的帐篷边落脚,

她们像亡主的悲惨母驼,

个个瘦骨嶙峋乏人照料。

在那朔风呼啸的冬日,

我把肉满汤腻的大盘送去邻里。

盈盈待溢的盘儿犹如河湾,

任孤儿们撑船逍遥。

每当各族聚集争议昔日的峥嵘,

我族全体必然位居第一。

他们解仇消恨平息纠纷,

一副宽肩把重任承挑。

他们合理分配战争收获,

不惜放弃自己的盈好。

可一旦部族的荣辱受损,

他们必然个个勃然大怒,雷霆般狂暴。

族人中不乏慷慨之士,

相助同仁屡获尊贵的荣耀。

我们部族的历史悠久,

祖先为我们立法仿效。

任何部族都有自己的法规,

接受着执法者的领导。

族人的贞操未被玷污,

他们的行为正直崇高,

他们的理智决非

屈从于个人的嗜好。

敌手们,

你们应安于造物主的分配;

丰歉、贵贱的生活,

在我们中适逢其会。

忠诚如果能平分均摊,

我们所获必将丰饶。

主为我们搭建了壮丽的高堂华屋,

我们青壮人的功绩、荣耀

已齐檩达梢。

每逢灾难降临,

他们都是部族的骑士;

每当纠纷骤起,

他们的仲裁合理公道。

他们像使大地复苏的春天,

把恩惠慷慨地送给了

乡邻的妇孺孤老。

他们不被任何嫉妒裹挟,

同仇敌忾,相帮修好,

更不对任何敌人逢迎折腰。

关于赖比德的《悬诗》

这首《悬诗》的开篇似乎是一段爱情的哀歌,其中大部分是纯田园式的风情,即兴而作的激情远远超过与情人分离时的心情。诗人是一个爱国者,受美索不达米亚希拉王努阿曼的款待,被召到宫廷,与阿布斯族长拉比赫争相颂扬本族的盛德仁风。赖比德自述,任何人如能像他这样拥有雄辩的口才与热情,都必然能面对仇敌,保持本族的光荣和尊严,但为了使胜利永存,使成就更为辉煌,他在每年一次的欧卡兹诗歌盛会上创作了这首《悬诗》,据说这首诗获得评判的一致同意,被悬挂在麦加天房的大门上。

诗歌开始的十五句十分抒情,具有浓郁的阿拉伯风格:诗人自己或陪伴诗人散步的朋友告诫他,无须对无情的女子乃瓦尔再寄托任何情意,她蔑视他,营帐也已迁至远方。接着诗人以大段诗句描写他乘坐的骆驼。他把坐骑比作乘风飘驰的云朵,比作寻觅幼仔被狼群咬伤躲在树林里的野牛。野牛一段写了十七诗行。随后笔锋一转,又回到乃瓦尔的主题,诗人以同样冷漠的心情回报她的沉默。他描写生活中的欢乐,尽管情人不在身边,他也可以享有自己的快乐。他庆贺自己在危急中的勇猛及战斗中的坚定。这时诗歌中插入一段生动活泼的对于马匹的描写。在第七十诗行时，前面提过的辩论又出现了，成为全诗的高潮。后面的内容基本上是歌颂他自身的慷慨，结尾为颂扬本族的德行。

1796年，英国的阿拉伯语教授约瑟夫·达克·卡尔莱勒在剑桥大学出版社出版了《阿拉伯诗歌选》。他选定的多种诗歌节选中，有赖比德《悬诗》中描写自然风光的一段，他认为这段诗歌有迹象说明作者改变了宗教信仰。

1816年，滑铁卢战役后，德萨西希望他的新书受到读者欢迎，因为这是他奉献给国王路易十八的赖比德的法译本《悬诗》。他这样写道："过去，在我悲伤和恐惧的日子里，在艰难的工作中，当我感到孤独的时候，这项工作对我曾是安慰，但愿这项工作能得到学者们的赞同和那些希望成为学者的人的承认。为法兰西造福，给法兰西增辉的王子，这是在他屈尊接受我的敬意之后，我想得到的唯一赏赐……"

1850年前后，剑桥东方学研究所又出现了一本赖比德的《悬诗》译本，但令译者奥古斯特·阿尔诺德遗憾的是，该译本至今未能出版。译稿扉页上有莱德的签名和"哈勒，1850年"的字样。莱德爵士1830年出生于尼泊尔边界，读完中学后，在罗地格尔指导下研究阿拉伯语。德国东方学家菲利浦·沃尔夫也译过赖比德的《悬诗》，但没有引起人们的注意。有意思的是，英国东方学家查尔士·莱叶尔读了赖比德的译诗后，竟立刻着手翻译七首《悬诗》。

最后顺带说一句，剑桥大学的尼科尔逊教授在1956年出版的《阿拉伯文学史》中，大胆地模仿阿拉伯原文的独韵，对七首《悬诗》的片断采用散文意译，收到了意想不到的效果。

安塔拉·本·舍达德

黑人骑士

"我们时代中最伟大的混血儿,一个雄赳赳的骑士队伍中的先天的巨人,他的生命是多少世纪希翼与努力的维系者。"多维尔[①]是这样描写第五位《悬诗》作者的。这篇富有思想性、充满着灵感的文章《黑人骑士》于1954年发表在亚特兰大大学的《种族与文化评论》上。

关于安塔拉这位传奇中的巨人,有着瀚如烟海的传说。在跳进它的波涛之前,我们可以先来识别一下哪些传说更为可靠。

安塔拉大约诞生在六世纪,父名阿姆鲁·伊本·夏达德。长长的系谱可以上溯到阿布斯家族,所以可以说他是赖比德[②]的远亲。同时,作为阿布斯人,他在"达希斯战役"[③]中起了杰出的作用。安塔拉母亲名泽比巴,是个黑奴。这个阿比西尼亚女人,无疑是被从非洲沿海劫掠到阿拉伯半岛的。为此,她的儿子安塔拉作为自由民的合法性不被承认。但在一场无名的部落纷争

---

① 英国东方学者。
② 《悬诗》第四位作者。
③ 见《悬诗》作者祖海尔生平故事。

中，安塔拉表现出勇敢的战斗素质，令父亲改变了立场。

　　事情发生在春天畜群放牧时。阿布斯人遭到某部族的偷袭，羊、驼被抢一空。阿布斯人追上了掠夺者，双方进行了一场殊死的战斗。安塔拉也是追击队伍中的一员。督阵的父亲在后面喊道："安塔拉，拿起刀冲锋吧！"儿子回答："奴隶是不准参加战斗的，只能安于挤驼奶、扎驼的乳房。""冲吧！"他父亲喊道，"你是个自由人了。"这时，安塔拉才吼叫着冲向前去。那天，他作战勇敢，从敌人手中夺回了畜群。父亲从此确认他是合法的儿子，答应把他的名字记进家谱。

　　一次串通作弊、弄虚作假的马赛引起了历史上有名的"达希斯战役"，战争给安塔拉提供了充分的机会表现他非凡的神勇。他奋力冲杀，为本族立下了汗马功劳。祖海尔传记详细地记载了关于"剽悍的骑士达姆达姆"如何"死于安塔拉之手。"可能安塔拉对达姆达姆印象深刻，于是在《悬诗》中自夸道：

　　　　记得有个全身披挂的骑士，
　　　　剽悍、勇猛，有着过人的膂力，
　　　　非凡的胆力使勇士不敢随他出击。
　　　　可是我——盖世英勇的我，
　　　　即刻让他尝到了矛尖的锋利。
　　　　坚硬的矛头素来把勇士视为知己，
　　　　它迫不及待地蹿透衣甲，
　　　　连连亲吻那结实的肉体。
　　　　勇士的躯体成了野兽的佳肴，
　　　　就像羔羊成为盘中的美味。

野兽挥掌猛扑,

尖利的犬齿将他层层剥离。

人们围坐饮酒时,反复吟诵安塔拉的诗句,夸说他的品德,盛赞他和阿布莱的爱情。一些日子后,话传到阿布莱父母耳里,他们也一再听到安塔拉的情歌,但都奚落地一笑置之。见面时,他们的态度更为生硬,罚他做苦工。因为在他们眼里,安塔拉至多不过是一名受人役使的奴隶。但话愈传愈多。一天,母亲把女儿和安塔拉都叫到丈夫面前:"这么说你是爱上我女儿了?为她写了不少诗歌,热情洋溢。"阿布莱站在母亲身后,不禁微微一笑。这一下安塔拉手足无措,不知如何回答好,但是,他却唤出了周身的力量。

"夫人,"他说,"您曾否见过一个痛恨自己女主人的人,特别是当他的生死命运正操纵在她的手里?说心里话,我非常爱她,在这个世界上,我唯一的希望就是能接近她。她的形象永远在我眼前跳跃,她的名字永远在我心中搏动。我把上帝赐给她的全部妩媚和娇艳都写在我的诗歌里了。"

一旁的阿布莱听到这些,又惊又喜,安塔拉在她心里的形象更高大了。她瞥了他一眼,说道:

"这都是实话?既然对我如此眷恋,不妨念几句赞美我的诗句给大家听听,从头发根到指甲尖,不许漏掉一句!"母亲很佩服女儿的聪颖,笑着同意了。

安塔拉低头略一思索,一篇铿锵和谐、富有乐感的情诗脱口而出,踏节联韵,犹如一匹高大的黑马咀嚼着口中的嚼子。

我爱你，以满腔崇高而宽厚的爱，
见到你，犹如梦幻，尽展欢颜。
我的血液听凭你支配，你是我
生命的主人。
我生的信念倾注于你一身。
阿布莱呀！谁有力量能表尽
你的美貌绝伦。
在你面前、美轮美奂都
黯然销魂。
若把你的脸庞比作中天的满月，
满月却不长你那羚羊般的慧目；
岂能把你的身材比作婀娜的枝叶，
你的体态足使窈窕美女自愧弗如。
你的前额射出真理的光辉；
你的披发使我迷失了回家的路。
你的贝齿像串珠，可我怎能爱上
那了无生气的花金钿镂？
你的酥胸有着天生的魅力，
愿主保佑它永远摄人魂魄！
和你在一起，就是和欢乐为伴侣；
断绝了你的接触，就切断了我和
世界的联系。
你的面纱后面是我生命的蓓蕾，
你的双眼有无数箭矢在守卫；
你的帐外有雄狮般的武士，

还有锋利的矛尖和剑戟。

你的脸庞如中天满月，皎洁晶莹，

但可望而不可即。

    安塔拉停下话音，阿布莱和母亲十分惊讶，不满和厌恶烟消云散。母亲说："想不到你竟有如此文才，即席吟诵这般得体美妙的诗句。以一个高贵的阿拉伯人的身份担保，你品质高贵，意境崇高。今晚我和丈夫说，让他同意你娶阿布莱的女仆哈米斯为妻。她是这里最美貌的女子。""不行，"安塔拉说，"难道要我和一个不曾见过面的女子结婚？我只跟我灵魂的敬慕者结合。""愿上帝成全你的意愿。"阿布莱祝愿道，"愿上帝赐给你心爱的姑娘。愿你生活愉快。"

    由于老一辈的干预，安塔拉和阿布莱这对有情人终究未能成为眷属，但他颂扬阿布莱美艳和自夸的《悬诗》却已家喻户晓，传为千古美谈。

安塔拉的《悬诗》

情怀翻腾的诗人!
面对残破的遗址,你们可曾离去?
疑云团团的双眼,
良久回忆后,能否辨认情人的故居?
早晨好啊,美艳绝伦的阿布莱,
还有你那亲切的界洼故地!
告诉我,轻轻地告诉我,
亲人们日日夜夜的消息。
如今,我勒住壮如城堡的母驼,
只为了追忆那繁花似锦的年月。
一颗被痛苦绞缠的心儿在悲泣。

往日里,亲人在哈兹努、泽马努牧驼,
我们的营帐在姆特塞里姆支立,
阿布莱在界洼留下了她的足迹。
今天,我满腔激情问候你们,

但自从乌姆·海以塞①离开牧地，
这里久已空虚，凄凉又荒寂。
她已向陌生的土地迁移。
那里的敌人狮吼般狂叫，
正在觊觎我们的权益。
麦赫拉姆的女儿啊！
我已经很难把你寻觅。
忆当初，我炽烈的爱情
却缘于偶然的际遇：
和她族人刀剑并举时，
我无意中投了她一瞥。
那是何等难以忘怀的一瞥呵！
心头爱火骤然，情深魂迷。
以你父亲的生命起誓，
我在多么不适当的地方——
奋勇拼杀的战场上，
把勇士最真挚的爱献给了你。
你蓦然敲开了我桀骜的心扉，
袅娜的身姿深深地种入了
我那万众爱戴的、纯洁的心底。
春，给相思带来郁悒。
她置身欧乃依泽，
我却远在厄依勒姆草地。
迢迢路遥，怎能望见她的容仪？

---

① 阿布莱的小名。

你决意要和我别离,
我早看到了你们的乘驼,
在暗夜里备齐了鞍具。
每次我发现你的坐骑,
在住地中央咀嚼黑姆黑姆草籽粒,
我惊惶,忧伤,失意。
这一切预示着迫在眉睫的行期。
整装待发的畜群密密集集。
四十二头乌亮的母驼①,
黑压压像乌鸦掀动的羽翼。
啊,别离……
当她那皓洁的贝齿和一点绛唇
深深地俘获了你的心,
亲吻的滋味胜似甜润的蜂蜜。
温馨的鼻息犹如商贾轻启麝香宝匣,
预示着玉人已悄然临莅。
又如一片芳草地,骤雨初洒新绿,
萋萋牧草上哪见半点践踏的痕迹。
芳草地上,
雨点宛如片片银币溅龙潭,
潺潺细流漫浸着黄昏的美丽。
万物静谧,唯有蜜蜂在嬉戏,
轻颤的嗡鸣恰似迷醉的酒徒,
扑在杯觞边怠懒地哼唧;

---

① 指纯种骆驼,一色的黑毛,四十二头喻其富有。

它两腿摩擦,像独臂的牧人,
专心致志地把火镰敲击。
平软舒适的褥垫,伴着她
迎接那淡淡的晨风和月夜的静谧。
我却整夜在黑驹背上,
把万顷沧波中的寒星数计。
欲求睡垫?壮驼鞍座铺在地。

回答我吧,久已不育的母驼,
我心上的人儿如今在哪里?
哑驼怎能懂得我的情意,
夜行中印下一路秀丽的花迹。
它欢快地把尾巴高高翘起,
踏碎小丘,傲然扬蹄。
刚冲破沉沉长夜的边际,
又披上了黄昏的霞衣。
它疾驶,飞奔,和公鸵鸟一样轻捷。
看,胆怯的幼鸟,振翅紧随,
个个都来它这里栖息。
远看像口齿不清的哈巴什牧人,
喝令它们的黑驼[①]群聚集。
它把头高高昂起,
幼鸟相随,永不失迷。
像那艳装的仕女,

---

① 据说也门的驼群以黑色居多。

把帐篷扎在高高的营地。
瞧，祖·奥舍拉的小头鸵鸟，
正把它硕大的鸟卵精心护理。
那模样犹如割去双耳的黑奴，
紧裹皮袍，抵御沙漠的凛冽。
杜赫鲁达的淡水清冽甘美，
舍达努母驼饮了无限欢喜。
它早把敌人那混浊苦涩的泉水
逐出了恼人的记忆。
瞧！它正尽情撒欢，
周身散发着一股稚怜的淘气。
跑动中，它执拗地偏向左侧，
仿佛右边有一只大头丑灵猫
正恐怖地追逐、威逼。
只要母驼愤怒地转过身子，
恶猫的利爪还会变本加厉。
长途跋涉后，它跪倒在里达河畔，
把干枯的芦苇压得嘎嘎叽叽。
额头上迸出颗颗豆大的汗珠，
如烈火催沸的铜火罐上，
黏稠的焦油点点滴滴，
最后在耳根旁汇成淙淙的小溪。
它的身躯俨然如公驼般庞大，
高视阔步，轩昂的气宇，
对追咬的众驼不屑一理。

情人呀，你若在我跟前

冷冷地垂下面纱，一脸傲气。

那么，请千万不要忘记：

我——威力、猛勇的主宰，

可以手到擒来重盔利剑的铁骑，

更何况你这玉叶娇枝！

我生性好相处、重友谊。

可要是谁侮辱了我，

任其轻微，任其无意，

我也要无情地惩罚，

让苦瓜的滋味伴他终生记忆。

正午，骄阳挂在天心，

我饮酒驱暑，阔绰地

抛出雕花的钱币①。

有滤嘴的白色酒壶盛满酒浆，

配上精细条纹的纯金酒具。

酣酊时，我尽情地赐予，

慷慨的美名四方传递。

酒醒了，啊，亲爱的，

你素已熟习的我的高尚品性

和无上美德，

更得以发扬光大，世代相继。

---

① 古代阿拉伯人以善饮和赌博为荣。这里抛出银币，指大把付钱，沽酒豪饮。

我的宽刃短矛穿透了
多少个拥有娇妻的勇士，
肋间伤口如上唇豁裂的大嘴。
我举拳猛击，投枪急刺，
龙血树脂般的鲜红热血，
如涌流的喷泉汩汩不绝。
如果我跨上坐骑，迎战众敌，
那么，马立克的娇女，
你可曾向骑士们问过我的战绩？
要知道，我征战驰骋，枪伤累累，
勇士的刀剑雨点般向我袭击。
我忽而腾起高大的神骏，
焕发出灵魂中的刚强坚毅；
忽而劈开枪丛剑网，
将高举强弩的顽敌荡涤。
英武的骑士们会告诉你：
我出生入死，身经百战，
品德高尚，浩气经略，
从不贪那不义之财，去疯狂抢劫。

记得有个全身披挂的骑士，
剽悍、勇猛、有着过人的膂力，
非凡的胆力使勇士不敢随他出击。
可是我——盖世英勇的我，
即刻让他尝到了矛尖的锋利。

坚硬的矛头素来把勇士视为知己，
它迫不及待地蹿透衣甲，
连连亲吻那结实的肉体。
勇士的躯体成了野兽的佳肴，
就像羔羊成为盘中的美味。
野兽挥掌猛扑，
尖利的犬齿将他层层剥离。

我常挥舞龙泉，
砍碎片片铁甲上的环和链。
有个勇士，仅沙场上的英名，
就足以令敌手望风披靡。
即使严冬寒风凛冽，
他也能灵活地将骰子轻轻抛起。①
酒保卷起了迎客的酒旗，
因他的豪饮与挥霍，
只只酒坛亮出了光洁的圆底。
一见我，他滚鞍下马，待在那里，
眉梢上凝结了死亡的恐惧。
他双唇颤抖，龇露着门齿，
内心的恐惧扫尽了先前的得意。
整天，我都在欣赏他
命丧剑下的情景：
殷殷鲜血如伊兹里姆的浆汁，

---

① 问卜。

染红了他的指尖和头皮。
我尽兴地用长矛戳刺，
然后一举把他挑上了鞍脊，
胜利地挥舞起印度剑——我的软兵器。
谁曾想到不久前他还披挂整齐，
像参天的赛勒哈树巍然矗立。
他气壮如牛，步履颤地，
一双鞋耗尽整张牛皮。
他虎背熊腰，谅哺乳期中不曾有过
争奶汁的同胞兄弟。

啊，温柔的小羊羔，
激起了情人心中爱的火花。
她是世间美的化身，
具有无限的姹艳和旖旎。
但部落间无休止的战争，
却使她和我可望而不可即。
我找来女奴探求相会的佳期，
女奴告诉我：她的亲人——
我们的仇人，实在太疏忽大意。
你将与多情的羔羊相聚，
幸福地把爱情的花朵采撷。
我回味、追忆着她顾盼的瞬息，
仿佛看到活泼健美的幼羚眼里
射出青春光辉的希冀。

它的母亲人中上的白点①,
赢得了良种羚羊的优异。

早听说阿穆鲁背叛了我的恩惠。
承恩人最卑劣的行径,
莫过于忘却了人们的恩义。
我如雄鹰,搏击长空,
跃马扬鞭,冲入战地。
眼前是怎样的战场啊!
嘶嚷,喊杀,人声鼎沸。
叔父上午的教导我刻骨铭记:
炽烈的鏖战中,我目瞪眦裂,
剑挑双眉,恣睢暴戾。
酣战把我推到敌人跟前,
他们的长矛不能使我眨眼。
但地形窄小,无法施展,
我后退一步,再待良机。
敌人鼓噪,驱策不断推进,
我怒火中烧,返身猛扑。
听,他们在狂叫:"安塔拉!"
井绳般的长矛刺穿了
我爱驹黑马的胸肌,
但我仍搂紧它的脖颈,
无畏地激战顽敌。

---

① 据说羚羊白鼻高唇者为纯种。

坐骑的伤口鲜血涌溢。
周身像披上了彤红的血衣。
终于，它力竭不支，
英勇地扑倒在地。
豆大的泪珠，声声悲怆的嘶鸣，
是它内心痛苦的泣诉哀语。
如果，它懂得言语，
定能向我诉述痛苦的折磨；
如果，它可以张口，
必将表白它不幸的遭遇。
正当我沉溺在悲怆中，
骑士的呼唤驱走了眼际的眩迷：
"你这倒霉的安塔拉，
快快向敌人冲锋厮杀！"
创痛的心灵重又愈合，
我的英名再次威慑着叛逆。

队伍在艰难行进，
马蹄陷入困倦劳顿，
眉梢上显见疲惫积聚。
是我心爱的骆驼，
伴我沐雨栉风，
送我上天涯海角。
它忠诚地帮助我，
建立理智指引的正义业绩。

我生怕死神过早地降临,
因为达姆达姆①的两个儿子,
尚未尝过战争的滋味。
他们亵渎我的名誉,
疯狂地把我咒骂。
我根本不屑于搭理。
这一切原本不足为奇,
因为我早把他们的父亲,
送上了雄狮和兀鹰的丰盛筵席。

---

① 见本章《黑人骑士》。

阿穆鲁·本·库勒苏姆

弑君者

阿穆鲁·本·杏德（杏德的儿子国王阿穆鲁），人称"碎石机"，是处死《悬诗》诗人塔拉法的元凶。一天，他正和一帮好友饮酒作乐。喝至半酣，涌上头来的酒力大大地激发了他的傲慢和自负，于是他突然向席间的朋友提出了一个奇怪的问题：

"你们可知道，有哪个阿拉伯人的母亲，会拒绝伺候我的母亲？"

这个阿穆鲁，犯过不少错误，但自幼对母亲的基督教贵族出身引以为傲，这和一般的君王往往自夸父系的声望并以此为荣很不一样。但正是这种自傲，最终导致了他自身的毁灭。

"还真有！"酒友奉承道，"库勒苏姆的儿子阿穆鲁的母亲。"

"哦，为什么？"国王被这一完全出乎意料的答案惊呆了。

"因为她父亲是拉比阿的儿子国王穆海勒希勒；她叔叔是瓦伊尔的儿子科莱伊布，阿拉伯人中的精英；她丈夫是名人马立克的儿子、侠义骑士库勒苏姆，她儿子也叫阿穆鲁，是个酋长。"

听完这番话，国王阿穆鲁·本·杏德马上差人送信给阿穆鲁·本·库勒苏姆，邀请他携带族内门客，前来阿拉伯半岛外的希拉王国作客，他的妻子莱伊拉（国王穆海勒希勒的公主）当然随行。这位基督教国王同时命令在幼发拉底河和京城之间的平原上扎下连片大营，隆重欢迎远道而来的塔格里布族阿拉伯贵宾。

那一天终于来到了。阿拉伯酋长阿穆鲁站立在希拉国王面前，同时，酋长的母亲莱伊拉和希拉王后也双双步入主营帐一侧的边营。（这里还有一层关系要交代一下：希拉国王阿穆鲁的母亲杏德又是《悬诗》诗人乌姆鲁勒·盖斯的姑妈，而穆海勒希勒的女儿莱伊拉又是盖斯母亲的侄女）。为了实现自己的目的，希拉国王阿穆鲁早就安排好，等沙漠客人一到，就要他的母亲立即清退所有帐前的仆役，让客人莱伊拉亲自过来侍候。

这时，帐外的阿穆鲁不失时机地命令抬进桌子，当着客人的面端上酒菜。

酒足饭饱，他朝帐外一声大喊："莱伊拉，把你那儿的甜食端过来！"杏德在边帐听到喊声，知道这是暗号，酸溜溜地回了一句："谁吃甜食自己来端！"

杏德一口气回了好几遍，硬要眼前的客人把甜食送过去。这种做法远远超出了独立自由的贝都因人可以忍受的程度。

"我受到了侮辱！"莱伊拉高喊，"那边的塔格里布汉子，过来帮我一把！"

儿子在邻帐听到母亲的哭喊，气得满脸通红。他抬眼略一打量对面的希拉国王，觉察出他眼里闪烁着一丝不怀好意的、邪恶的目光。狂怒顿时袭上心头，他腾地跳起身来，上下打量眼前这个请他们来赴宴的主人。

按古代沙漠习俗，庆典、宴会开始前，会场所有的武器都必须搁置在一旁,但为表示好客,唯独主人的佩剑允许出现,所以今天只有国王阿穆鲁的佩剑高挂在帐壁上。盛怒中的阿拉伯人疾步过去,抽出长剑,只见剑光一闪,赖赫米暴君的人头顿时滚落在地。

莱伊拉的父亲穆海勒希勒,是有名的白苏斯战役中塔格里布族人的领袖。战争的爆发,缘起于他的兄弟库雷布惨死在白克尔族人祖赫尔之手,而塔格里布和白克尔原本是同宗一族的血源。穆海勒希勒是远近有名的诗人,由于为弟报仇杀了凶手,又需要与对方和解,被父亲送往敌对部族。"为了库雷布的鞋带去死吧!"这是他报仇时说过的唯一一句话。

凶手的父亲哈里斯当时最为冷静。他听说儿子布加伊尔被杀,只淡淡地说了一句:"我儿子不失为一个高贵的牺牲者!如果他的死止住了伤口流血,又为两族间的这场战争画上了句号。""哦,不!"族人不同意,"穆海勒希勒杀他只为了他兄弟的一副鞋带。"哈里斯大怒,吟出下面的诗句:

> 布加伊尔如今已不是死人的赎金。
> 库莱伊布家族还不该为自身的错误收兵?
> 拴紧我后帐的母战马纳阿玛,
> 长年征战未见它怀胎产仔,
> 如今子宫里已见小生命孕育。
> 主明察,我绝非一贯利用不义欺诈,
> 难道今天就该葬身于它的烈焰火海?

哈里斯和穆海勒希勒都参与了蔓延四十年的那场惨烈的部族世仇之战。据说，阿拉伯的第一首颂诗就是穆海勒希勒悼念他兄弟所作。关于他，还有这样的故事：一次，当他得知妻子杏德生下了一个女儿时，曾愤怒地命令把女婴活埋。要知道，在阿拉伯半岛蒙昧时期，这没有什么可大惊小怪的。忧伤的母亲偷偷找来一个女奴，求她把孩子藏起来。那天晚上，穆海勒希勒做了一个梦，梦里他恍惚听到阵阵歌声：

多少个承诺的开启，
多少个优秀的酋长，
穆海勒希勒女儿的肚皮里
藏下了多少个锦囊妙计。

"杏德，我女儿在哪里？"丈夫从梦里喊醒过来。
"被我埋掉了。"
"不会的！看在主的面上，告诉我事实真相吧！"
妻子这才把偷藏孩子的事跟他说了，小姑娘从此有了名字——莱伊拉，并过上了安宁的生活。光阴荏苒，转瞬间莱伊拉已到了谈婚论嫁的年龄，酋长库勒苏姆娶了她。库勒苏姆未曾断裂的家谱可以直接上溯到阿德南族。莱伊拉怀孕时，库勒苏姆也做了一个梦，听到一个声音在说：

莱伊拉，你儿子真是好样！
冲力似怒吼的雄狮，
勇猛赛祖夏的霸气。

> 来日辉煌，信我预言。

莱伊拉生下的儿子取名阿穆鲁，孩子一岁生日那天，那神秘的声音又在她耳畔响起：

> 阿穆鲁的妈，我已允诺赐你
> 一个家谱显赫的好儿子。
> 他的神勇超过披鬣的雄狮，
> 精力充沛，尤善突击，
> 十五少年，便成伟业。

预言神奇地应验了。阿穆鲁·本·库鲁苏姆 15 岁就当上了本族的酋长。他不仅是塔格里布族多年来的好头人，更是一名耀眼的诗人，可以说丝毫不逊于外祖父穆海勒希勒。阿穆鲁有个弟弟叫穆勒，命里注定和哥哥一样，也是个弑君者，死在他刀下的是希拉王宫的末代君王蒙既尔四世。穆勒的儿子阿巴德居然也继承了家族暗杀的传统。若干代之后，阿穆鲁血液里的文学基因，又一次得到证实——他的后代里有一个叫阿提布的，居然在给哈里法哈伦·拉希德写颂诗。

据说阿穆鲁活到了一个传奇的年龄——150 岁；这会让人忆起人们怀念另一个《悬诗》诗人赖比德的情景。这种说法没有记载，似乎也不那么可信，否则人们还会听到阿穆鲁活到了伊斯兰时期并且改信了伊斯兰教等说法。另有一说，他死于公元 600 年，这似乎离事实不远了。这里，《诗歌集成》给我们留下了一段话，像是诗人自知死亡即将来临，在病榻上给儿子留下的临终遗言：

"孩子们，我活了先祖们从未有过的高寿。但今天，同样的死亡也即将降临到我的头上。以主之名起誓，一生中我从未以任何形式谩骂过任何人。真诚对真诚，谎言对谎言。毁人者必为人所毁，所以不要詈骂他人，这才是免去烦恼的上佳选择。与邻为善，博得好名声。不欺压外族人。有时一人独处，胜过千人同堂；有时拒绝请求，好过违命爽约。和人交谈，洗耳恭听；自己发言，言简意赅；喋喋不休，言多必失。鏖战收兵后宽大仁慈者最为骁勇；奋战阵亡者死得最为高贵。暴怒时还在想个不停的人最是窝囊。有人不断规劝，他还不思改进，这对谁都没有好处。对有些人不必抱有大希望，也不用怕他有大祸害；所以这种人的舍弃好过他的给予，同样，他的吝啬也强于他的捐助。切记！不要让族人和他成婚，这将引出一场可怕的深仇大恨。"

关于阿穆鲁·本·库勒苏姆的归宿，还流传着一个不太令人信服的版本，其根据可能是他那首公开发表的《悬诗》。故事是这么说的：基督教国王努阿曼三世突然间每年给阿穆鲁送来一份厚礼，不要忘了，他的儿子蒙既尔是被诗人的兄弟穆勒刺杀的。杀手年龄渐长，赖赫米国王却把礼物转送给了他的儿子阿斯瓦德。这一行为大大地激怒了阿穆鲁·本·库勒苏姆这个古代的武士，他立下重誓：此后除了喝酒，不饮水不吃食物。这种酒是阿拉伯人习惯喝的不掺水的纯酒。妻子想尽一切办法让他吃东西，但她的努力只换来了他更大的决心。他一直喝酒，直至喝到倒地不起。

古代学者要收集阿穆鲁·本·库勒苏姆的诗歌并不太困难，可能当时没有足够的回报来报偿收集者的苦恼，总之，前人的劳动成果至今未被发现。目前，只有土耳其伊斯坦布尔的"信仰"清真寺里，珍藏着一部阿穆鲁·本·库勒苏姆和他对手哈里斯·本·希力泽的合订本诗集。全书收录了二十四段残片，没有长篇诗歌，增补的三篇内容主要介绍诗人的儿子阿斯瓦德和诗歌的各种版本。

诗人的声誉几乎都来自他那篇恢宏之作——《悬诗》。八世纪的语言学家穆法特尔编纂的名诗集《穆法特里雅特》中，曾经惊叹，阿穆鲁诗作与其他高产诗人的作品相比，实属稀缺，他认为，"阿穆鲁的一首胜远胜他们的一百首"。

《诗歌集成》告诉我们，塔格里布族人个个对阿穆鲁的诗句赞赏有加，"无论老幼，人人都能上口背诵"。这种情景激起了一个三流诗人的嫉恨：

  塔格里布人一定尽力不去忘记，
  阿穆鲁用一首诗创下的丰功伟绩；
  呱呱坠地那一刻起一生都在背诵——
  什么样的人居然对一首诗不离不弃？

塔格里布酋长间突然爆发的不和，引出了对阿穆鲁这首美妙诗歌相互对立的诠释。《诗歌集成》暗示，《悬诗》是在阿穆鲁杀死希拉王国暴君后写下的。但从内容分析，这种说法又似乎很难让人信服。极有可能的情况是，杀手故事和诗句混同，造成了传闻的出现：

阿穆鲁啊，是什么在驱使着你，
让我们对你们挑选的领袖
表示屈从，低眉顺眼？
你凭什么鄙视我们，
偏去听信诽谤者的中伤谗言？
收起大声的恫吓和威胁，
我们何时成了你母亲的仆役，
表现出一副奴颜婢膝？

这里也有一种可能，杀手的故事本身就是虚构的，目的是为了对最后战争的爆发做出解释。故事后面紧接着泰布里兹为这首《悬诗》写的注释。不要忘了，这些注释尽管引自夏巴尼那样的权威，但夏巴尼的注释是事件发生五百年后写的，所以它只能把我们带回到九世纪初叶，因为他早在821年就去世了。

塔格里布族是蒙昧时期最强悍的部族。据说，如果伊斯兰来得再晚一点，塔格里布人有可能战败半岛上所有的阿拉伯人。有记载说，一次旅途中，塔格里布人找白克尔族人要点饮水。由于两族历史上的深仇，白克尔人把他们轰走了，结果，七十名塔格里布人在途中死于干渴。事后，族长率众前去报仇，白族挺兵迎战。两族人马甫一照面，双方谁也没有先出手。原来，两边的头人都心存芥蒂，怕这一仗一开打，两族又会陷入绵延数十年的战火而无法自拔。最后，双方在阵前宣布休战，并商定，请希拉国王阿穆鲁为这次事件做仲裁。

"我不会为你们做仲裁。"阿穆鲁·本·杏德说,"我现在要求白克尔人选送七十个头面人物过来作保。事后若能证明塔格里布人在理,人质交由他们处理;如果这案子不能成立,我负责送他们回家。"

双方都满意这个方案,并商定了面见国王的日期。

"你们认为塔格里布人会派谁来申辩?"国王回顾左右。

"当然是他们的诗人酋长。陛下!"群臣众口一词。

"那么白克尔人呢?"

这一发问,底下顿时众口纷纭,莫衷一是,有点这个的,有说那个的,把白克尔族的头面人物数了个遍。

"老天作证,你们谁都猜不着。"国王一副淡定的神态,"白克尔头人除了那耳背的老学究谁也看不上!那个老头,长袍的大襟永远耷拉在脚面上,走路磕磕绊绊,但他那副贵族气派,又让领路的不敢过去替他撩起来搭在肩上。"

第二天天刚亮,塔格里布人已经到了,诗人阿穆鲁·本·库勒苏姆领头,但他却躲进了听众席里。

与此同时,白克尔族的诗人哈里斯·本·希里宰也在跟他的族人说:"我的发言诗写完了,谁拿去朗诵,定能在辩论会上击败敌手,赢得胜利。"

当双方的诵诗人站在阿穆鲁面前时,希拉国王突然叫停了这种老一套的代诵方式。白族的哈里斯是个麻风病患者,当他得知比赛规则改变,无人可以替代他时,大声表白道:"指主作证,派人上去念,国王在多层幕帘后面听,退席时还往脚印里洒清水,我原本也反对这种方式。如今好了,为了族人的福祉,只能我亲自出马了。"

来到国王面前时，对手诗人阿穆鲁·本·库勒苏姆早已在场。对方一见是他，立刻上禀国王："什么，是这个家伙和我对诗？他连自己的骆驼都拴不住！"

国王让库勒苏姆稍安毋躁，开始倾听七层帘幕后的哈里斯诵诗，国王的母亲杏德也在座。

听着听着，她不禁惊呼："天呐！我这辈子第一回听到，七层幕后居然有人做如此精彩的演讲。"

"拉开一道帘！"国王命令道。

哈里斯跨近了一步。整个过程中，同样的命令，杏德重复了六次，珠帘一道道被拉开，最后，诗人发现国王和国王的母亲和他同处一室，都在听众席里。国王听罢演讲，喜不自胜，另赏吃食，明确表示不会在脚印里洒水。他亲自剪下白族七十人的前额垂发，交在哈里斯手中，同时下令，哈里斯在会上发表的诗歌，以后只能在做完净身大礼后才能朗诵。哈里斯死后，七十人的额发都保存在同族人本·叶斯库尔手中。

这时，轮到阿穆鲁·本·库勒苏姆朗诵他的诗歌……

阿穆鲁·本·库勒苏姆的《悬诗》

啊,姑娘①!
睁开迷蒙的睡眼,
绽出鲜嫩的容颜,
用你的觥筹斟满安德伦②美酒,
莫让点滴醇汁留在坛沿。
掺上清水的美酒色泽鲜丽,
宛如放进黄萼花瓣透着红艳。
当暖流传遍沉醉的胸臆,
慷慨之手散出家财万贯。
酒使你酥软的躯体翱翔天外,
什么七情六欲、忧虑和需求,
统统都抛在一边。
酒传到一毛不拔的悭吝人面前,
他们在杯前丧尽尊严。

---

① 指酒店中的女酒保、女招待。
② 沙姆地区的一个村庄。

哦，错了，乌姆·阿姆尔姑娘①，
你怎么让右巡的杯盅往左轮转？
三人同酌，我并非歹莠之辈，
可她偏不为我斟酒把盏。
贝阿莱贝克的酒醇和芳香；
大马士革、高西利那的酒纯正香甜。
千杯万盏，人人尽欢。
但，死亡——这命定的一天，
注定要来到我们的面前。

停下吧，驼轿里的情人，
分手前让我们再做一次交谈。
我们会述说分别后的遭际，
你会描绘生活中的宁静和波澜。
莫不是这匆匆的离别，
切断了往日的深情厚爱，
让你把情人的赤诚背弃。
你可曾知道，
浴血厮杀、刀光剑影的那一天，
你叔伯族人的眼里闪烁着欢快的目光，
克敌的胜利欢腾在他们心间。
可是茫然难卜的未知，
正困扰着今天、明天和后天。

---

① 女招待的名字。

啊，我那娇媚的情人，
当她摆脱了敌人的毒眼，
当你单独与她相会，
她会在你眼前，
亮出一双白皙丰润的玉臂，
柔圆珠泽宛如母驼的前肢。
它昂颈挺立，
在春日的牧场上悠然游憩。
她乳峰高耸，
如掌中的象牙钱盒白净浑圆。
颀长的后背，
紧连着丰满臀部的曲线。
宽厚的两胯，
竟使门径狭窄尽显。
柔软的腰肢，
令人神飘魂散。
双腿如象牙圆柱，
更似用雪花石镌刻一般。
移步时，
脚镯传来诱人的声响。

母驼长声呻吟，
失仔的悲痛令她熬煎；
老妪悲恸，
九子丧命躺在冰冷的墓间……

这些痛苦都不如我和情人的离别，
怎能比拟离愁对我的摧残。
看到她的乘驼在暮色中缓步，
心头顿时诵出真挚的情愫，
不尽的思念在心头涌现。
刹那间，抚今追昔，浮想联翩……
思念犹如一柄出鞘的利剑，
她居住的叶玛迈村蓦地在眼前展现。

艾布·杏德①，不要催促，
耐心听一听标志着我们荣耀的事件：
擎向碧空的旗帜率领我们出战。
英雄的热血把白旗浸染，
又骄傲地引领我们凯旋。
人岂能一辈子活在屈辱和顺从中，
我们揭竿而起，把王权推反，
在那剑戟并举的搏杀中，
英雄豪杰像"额前雪"②一样
美名远传。
居然还有一位头顶冕旒的头人，
死死护卫着卵翼下的臣民，
左冲右挡，前后突击，
却终未逃过我们的利刃和矛箭。

---

① 指希拉国王阿穆鲁·本·杏德。
② 指额头为白色的良种好马。

他们抛出被捆绑的躯体，

任我们勒缰的烈马踏践。

从祖吐鲁哈到沙马特的广阔地域，

是我们的家园。

英雄策马往来驰骋，

把威慑的敌人驱赶。

铩罢敌人的羽翼凯旋，

盔甲戎装竟蒙蔽了狗的双眼，

它居然朝着我们——勇敢的主人，

上下蹦跳，不停地狂喊。

无论何时我们与敌交战，

敌人永远是被碾碎的粉面。

广阔的战场如磨盘下接粉的皮张，

平整地铺在内志的东边。

一小撮古多尔吐人正被我们

源源不断塞进磨眼。

你们前来"作客"，

果敢的杀戮是我们的美味佳馔。

因为我们"不愿听见"

你们的谩骂和抱怨。

瞧，黎明的曙光尚未显现，

巨石压顶的战争

已使你们伤亡悲惨。

我们把累积的战利品向族人发放，

既防止他们获取不义之财，

又肩负着捍卫他们权益的重担。

当敌人还在远处，

我们挥起黑色的钢矛做好准备；

敌人一旦来到身边，

我们立即刺出闪着寒光的宝剑。

他们的头颅如驼背上硕大的重物，

堕落在散乱的碎石中间。

我们奋力挥舞锋利的刀剑，

劈碎头骨，砍断颈肩。

旧恨新仇层层郁结，

深隐的痼疾——复仇之心昭然显现。

迈尔敦人早已心中有数，

我们继承了先辈的荣耀，

并为保持这份声誉奋勇作战。

消灭仇人，赢得光荣和尊严。

每当近邻的帐篷被捣烂，家什散乱，

我们挺身保卫友伴，

绝情地砍掉敌人的脑袋，

他们张皇失措，

不知该把什么提防在先。

战刀疾挥，

犹如玩具的木剑上下翻飞。

鲜血汩汩，恣意飞溅，

双方的战袍好似都被紫荆涂染。

一旦敌人裹足不前，

个个惊惧着预料中的危险,

我们就摆开兀立在来合沃山上的马队,

为捍卫门第的光荣冲杀在前。

我们有热血方刚的青年,

克敌制胜勇往直前;

我们更有干练多谋的宿将,

饱经沧桑,千锤百炼。

为了族人的幸福和安全,

我们以崇高的荣誉

向一切敌手挑战。

在人们的权利遭到践踏的那天,

我们的马队严整军容,

渴求酣战。

敌人仓皇逃窜,

我们刀剑齐举,

一鼓作气把逃敌追赶。

不能放过朱舍姆人的头人!

我们奔驰在遥遥平川,

马儿腾跃在崎岖的路面。

强弱高低,一并除剪。

人们再也不可能看见

我们疲竭惫懒、惼弱溃散的模样。

谁对我们炫耀武力,

我们定以强硬和威力偿还。

阿穆鲁啊，是什么在驱使着你，

让我们对你们挑选的领袖

表示屈从，低眉顺眼？

你凭什么鄙视我们，

偏去听信诽谤者的中伤谗言？

收起大声的恫吓和威胁，

我们何时成了你母亲的仆役，

表现出一副卑膝奴颜？

要知道，在你之前，

我们面对过无数次的挑战，

但尊严的长矛从不折弯。

你想用枪端①强行校正，

矛箭必定愤然相抗，挺直向前。

发出不屈的吼叫，

把校正者的脊骨敲断，

把他的额头砸烂！

你可曾听说朱舍姆人昔日的丑事

以及战旗上不可洗刷的污残？

我们继承了先辈②阿勒该迈的光荣，

他以武功营造了荣誉的堡垒：

美名远扬的穆海勒希勒

和优秀的祖海尔的品德，

---

① 枪端是用来矫正箭和枪杆的工具。
② 诗人部族的祖先，打败敌手为部族赢得荣誉。以下提到的几个人均是诗人先辈中的名人。

在我们的一代中闪耀着熠熠斑斓；

阿塔本和库勒苏姆的光辉，

使我们变得更加尊贵和威严；

我们追随着祖·白拉①的足迹，

他显赫的威名早已传到你的耳边。

他以无上的光荣捍卫我们，

我们便以这种荣誉回答人们的求援。

祖·白拉之前，

库来伊本②的名声响彻天边，

我们一并承继了世代的光荣和尊严。

无论同哪个敌手交锋，

我们都要把他摧垮制钳。

就像我们的母驼，一旦同其它骆驼对峙，

必定会挣脱绳绊，咬断对方的颈肩。

我们的荣誉和声望比他们崇高，

我们忠实于自己的誓言。

晨光中，海札泽③战火冲天，

唯有我们慷慨相援，

与乃宰尔人生死并肩。

为援助朋友，我们俭省节约，

把霉黑的干草，

充当珍贵驼群的粮饭。

① 祖·白拉是台俄里布人。
② 指库来伊本·瓦伊勒。
③ 地名。

两军相交时，

兄弟们在左侧奋勇作战。

白克尔人杀退了身后之敌，

赢得的战利品堆积如山。

敌人尾随，被我们杀得人仰马翻，

我们扭着被俘的头人昂首凯旋。

远离争荣的赛场吧，白克尔人，

不要和我们对战！

你们难道还不知道

我们气势磅礴，力贯长虹？

你们莫非忘记了

当日两军的厮杀鏖战？

我们身披也门的甲胄和面罩，

挥舞的利剑时而坚挺，时而曲弯。

战场上，我们的盔甲鲜明亮闪，

宽松的腰围上皱纹迭现。

久披着身的盔甲，

把勇士的皮肤染得好似木炭。

盔甲上皱褶层层，

如蜿蜒的溪水，

荡漾的水面上微风轻弹。

短鬃烈马在我们这里断奶长大，

虽遭劫掠，但被我们重新夺回身前。

它身披马衣来到泉边，

露出的鬃毛略显散乱。
颈项上结实的绳结，
浸透了疲劳艰辛的汗碱。
它是我们高贵忠诚父辈的遗产，
将在我们后代的身边成长繁衍。
战争中，
我们走在美丽白皙的女子身前，
保护她们不被敌人俘获，
免遭无尽的侮辱和摧残。
酣战敌众时，
她们与佩戴标记的丈夫订下誓言：
只允许我们威武的马队奔驰，
去把敌人的马匹、武器
和捆绑双手的俘虏阻拦。
看，我们驰骋在茫茫的沙漠，
展现出无比的强盛和惊人的勇敢。
威慑与武力震撼人心，
兄弟部落争相求援。
我们的战马膘肥体壮，
高傲的步伐如酩酊者步履蹒跚。
妇女们精心饲马，
敦促我们英勇作战：
"若阻止不了敌人把我们掳掠，
你们不配作为我们生活的侣伴。"

朱什姆人①的女子高贵妩媚，

绝色的美貌令天地惊羡。

保护她们尊严的战斗激烈非凡，

直打得肢体横飞，血肉飞溅，

犹如击棍游戏中跳起的棍棒

在天空飞旋。

在一发千钧的时刻，

我们如父亲保护亲生子女一样，

护卫族人平安脱险。

我们清扫敌人的头颅，

好似健壮威武的少年，

在平地上把无数的木球滚转。

迈尔敦的各个部族，

在干涸平坦的大沙河上建起家园。

那时他们就已知道，

只要我们稍具实力，

定能把客人热情款待；

外敌敢来挑衅，

等待他们的将是一举全歼。

意志支配行动，

想阻拦谁我们就阻拦，

任何被选中的阿拉伯家园

任我们把营地创建。

---

① 即朱什姆·本·贝克尔部族，受诗人部族的保护。

我们拒绝憎恶者的馈赠，
礼物只能是悦己者奉献。
谦和服从者，
我们甘愿舍生为他们谋求平安；
倒行忤逆者，
我们必拔其翮翎，将其翅翼折断。
我们痛饮纯净甘美的清泉，
浑浊的滞水由他人吞咽。
可以向塔马哈人和杜阿姆人发问：
我们是怯懦还是勇敢？
如果国王强迫我们蒙受耻辱，
全族人的拒绝必将坚决果断。
我们挺立在天地之间，
我们的房屋使广阔的陆地变窄，
船只把无垠的海洋充满。
我们的稚子哪怕刚刚断奶，
外来的强暴者也要给他们跪拜请安！

哈里斯·本·希里宰

麻风病人

跟《悬诗》集中的前六位诗人相比,他应当是最不为人知的,他的诗歌也不是古代人编纂的,迄今发现的手抄本上属于他的残存作品不超过十首;有关他的生平,史籍中少有记载,只有《诗歌集成》中详述了他的宗族家谱,确认了他的高贵血统。他,就是《悬诗》集最后一位作者——哈里斯·本·希里宰。

据说哈里斯患有麻风病,在伟大的诗篇完成前,他已经活了大半个世纪。伊斯兰时期的语言学家伊斯玛仪勒(约740年—约828年)声称在他《悬诗》的诗句里发现了一处韵律上的错误,但后来的历史和语言学大师伊本·古太白(828年—889年)认为,"该《悬诗》乃即席之作,就如说话,瑕疵在所难免"。

九世纪的伊拉克语法学家夏巴尼认为哈里斯《悬诗》的语法技巧已炉火纯青:"这首诗如果写了一年,那也无可指摘,但他居然能即席说出如此大量而且有名的古代阿拉伯半岛上的军事活动,有的拿来讽刺指责塔格里布族人,有的婉转地暗喻希拉王国的阿穆鲁国王。小问题出在一个错误的元音破坏了一个半联的韵律。"

强有力的希拉国王阿穆鲁·本·杏德，应塔格里布和白克尔两个阿拉伯部族的要求，为他们调解纠纷。为了便于互相控制，他从双方各要了一群青年作为人质随他出行。在远行途中，他们突然遇上酷热的沙漠风，飓风卷走了前队的塔格里布青年，殿后的白克尔人都幸免于难。

"鲜血的智慧用鲜血抵偿，把我们孩子鲜血的智慧还给我们，这也是你们的义务。"塔族父老的要求遭到白族拒绝后，人们围聚在酋长库勒苏姆周围讨要说法。

"你们觉得今天白族人会派谁出来对诗，当发言人？"库勒苏姆酋长问道。

"除了塔厄里巴还能有谁！"

"按目前的形势，"库勒苏姆想了一会儿，"我料到他们会派那个土里土气的、赤红脸、秃头、耳背的亚士库尔出来。"当时白克尔族的酋长是亚士库尔，他出来对歌顺理成章。

两队人马汇聚在希拉国王跟前，库勒苏姆揶揄亚士库尔说：

"不错，耳背的！你们族人推你出来对诗。一会儿瞧他们会怎么看不起你呢！"

"那倒是，天要遮阴还会一个隔一个呢。"亚士库尔反唇相讥。

"是吗？我现在给你一巴掌，谅他们也不会过来。"

"上帝作证，如果你敢动我一指头的话……"亚士库尔也不甘示弱。

一旁的国王不耐烦了，他原本对白克尔人就不太喜欢。这时，他叫过身边的女仆，让她用伶俐的口舌也帮着损上几句。

亚士库尔听了颇为不快,咕哝了一句:"陛下,对你的属下才可以这样。"

"怎么,亚士库尔!那你认我为父了?"国王不由得提高了声调。

"叫父亲不行,我倒想叫你一声妈。"

这句侮辱的话可把国王激怒了,他刚要张口喊来卫士,一旁的哈里斯·本·希力宰见状马上跳起身来,不慌不忙地迈出几步,合着节拍的诗句一起一伏,脱口而出。据记载,他周身的重量全靠在左手紧执着的弓上,握力之大,使弓弦勒破皮肉深深切进掌心,但迸射的怒火又让他丝毫意识不到肉体上的痛楚。哈里斯保持着这样的姿态,吟诵完了他的长诗。

满脸脓疱的哈里斯在希拉国王面前念完了他的即席创作。要知道,国王从来就害怕看到这种形象,面前的人有一点破相他都无法忍受。诗人的形象当然没有逃过他的目光,他也曾下令垂帘听诗,但哈里斯甫一启口,那生动流利、滔滔不绝的口才,就把他完全折服了,对于诗人的聪明,国王佩服得说不出话来。

"让他过来……"国王一次又一次要求,"再近点!"

最后,幕帘完全撤掉,哈里斯被赐座于君侧。

哈里斯·本·希里宰的《悬诗》

尽管常年久住

多给邻里带来厌烦,

但艾斯玛①的久留,

却给我的生活冠戴上

鲜美的花环。

她亲自送来离别的消息,

真令我愁肠回转。

那是在幸福的相逢之后,

在布尔盖提舍玛

和不远处她在海勒萨的家,

我们度过了多少销魂的白昼和夜晚。

从姆哈牙吐……到艾布莱②,

一个又一个的草场,

---

① 诗人臆想中的情人。
② 这些诗人和情人相会的地点是:姆哈牙吐,绥发哈,阿那古,菲它格,阿兹布,沃法,利雅德,格它,奥地耶达,叔尔比布,叔阿布坦和艾布莱。

都有缅怀终生的相见。

可眼前，这一个个地方，

情人的倩影都未曾出现。

虽然明知痛哭无益，

但是，滂沱的泪雨，

却将理智的长堤冲断。

路茫茫啊夜漫漫，

眼前的高地上，

只见杏德①人的篝火，

在低垂的天幕上摇颤，

它划破暗夜的昏蒙，

为你把方向指点。

我伫立在寒风中凝视前方，

渴念着哈札札高地②上的温暖。

但战争和艰险，

却无情地把我阻拦。

遥见杏德人操持着火棍，

把阿格格和舍赫绥的火堆拨燃；

那微微摇曳的火焰，

如同舞动着的灯盏。

一旦浩劫降临，

我便像日行千里的飞毯。

---

① 阿拉伯一部族。
② 杏德人居住的一处高地。

驱赶着壮健的母驼，

踏上征途，拯救苦难。

我的母驼

像欣长秀丽的鸵鸟，

满怀着对幼鸟的眷恋，

终日在沙漠里辗转。

薄暮如轻纱笼罩，

猎人的呼吸似在耳边。

焦急和恐惧驱赶着它，

奔跑着去找爱子团圆。

矫健的步履，

扬起了细细的尘土。

一对对整齐的脚印，

被沙漠旅人的足迹踏乱。

虽说已是骄阳当空，

我仍骑着这良种母驼，

奔赴族人的急难。

纷繁的消息在耳畔轰响，

恰似把哀愁植入我们恬静的心坎；

我们的艾拉格姆兄弟[①]，

扬言要进犯我们的家园。

他们混淆了我们中

---

① 艾拉格姆是塔格里布人中的一个部落，诗人所在的白克尔部族与塔格里布人之间发生了战争。

廉洁的人们和肮脏的罪犯，

清白已成枉然。

他们口吐狂言；

杀死头人[①]的好汉，

是我们的支持者，

更是我们赞助的友伴。

黄昏初降时，他们群集发难。

翌日曙光呈现，一片喧哗混乱。

你呼我应，混杂着马嘶驼喊。

又一场残酷的厮杀，

濒临爆发的边缘。

谗害忠良的小人，

难道你的妄说和谎言，

能使君王[②]怀疑我们

对他的敬仰、顺从和拥赞？

难道你的诽谤，

会使我们俯首低贱？

以前，有人对我们进行诬蔑，

暴露出他们丑恶的嘴脸。

他们对我们心怀仇恨，

在各君王面前频进谗言。

但坚固的堡垒

---

① 这里的头人指诗人叔伯族的头领库来依本。
② 指为白克尔人和塔格里布人进行调停的门既尔国王阿姆鲁。

和神圣不可侵犯的尊严，

却一再使我族的地位赫然。

战前，嫉火在敌人胸中燃烧，

但我们不屈的尊严，

使它有眼无珠，什么也看不见。

虽然命运不断向我们抛来不幸和灾难，

但却如将其抛向万仞苍黑的远岫，

使它像素云撞向峰巅，片片碎散。①

看着这坚不可摧的山峰，

灾难只能使我们愈发意弥志坚。

他②，年迈功高的伊米尔③的子孙，

威武地率领着马队，

把敌人逐出族人的家园。

他是公正的君王，

最优秀的人中豪杰。

倾尽热情美妙的颂扬，

也难把他无量的美德展现。

首领难解的一切纠纷，

头人难判的所有乱案，

统统交给我们吧，

听凭我们的裁断！

---

① 意为：灾难不能影响我们的尊严，如同不能影响云彩都达不到的高山一样。
② 指阿穆鲁。
③ 即血统纯正的闪族人后代。

你们如果能来米勒哈和赛格布，

一定要打听这一带的战况，

这样既能目睹无数张

痛苦死亡的面孔[①]，

又会看到我们的勇士含笑九泉的脸。

如果你们不畏艰难，

肩负起了解我们行为的重担，

清白和罪恶将一切昭然，

如同疾病在痊愈中

被无情地隔离筛拣。

如果你们拒绝担任这项重任，

我们将满怀怨怒，和你们疏远。

如同躲开肮脏的尘埃，

厌恶地阖紧明亮的双眼；

如果你们阻拦我们提出的

调停和媾和，

那么，就你们所知，

谁人还能比我们高尚？

谁的尊贵能同我们的荣耀齐肩？

在那战斗的喧嚣混乱中，

你们已经看到了

我们的财富比天高，

[①] 意为：在我们和塔格里布人的战争中，双方都有死亡，但塔格里布人尚未复仇，他们的血白流了，而我们已经报了仇，亡者的血没有白流，仿佛他们的生命依然存在。

我们的力量给人带来平安。

那时，我们将驱动塞满大道的驼群，

辞别巴林①茂密的枣椰园。

袭击部落，横扫障碍，

来到哈萨地界，

从那里奔向新的征程，

向塔米姆人②宣战。

战后，俘虏的女子沦为佣奴，

服侍我们享受禁月的休闲。

我们的威慑名声藉甚，

竟使高官厚禄者胆战心寒，

抛离丰腴的旷野平川；

我们的声名也令卑贱的懦夫仓皇逃窜，

只求在战乱中苟且偷安。

那些慌张逃命的，

抛弃了黑石累累的坎坷地，

妄图凭借高山天险。

众人中有一个原本征服一切的君王，

没有人敢同他齐驱并肩。

你们塔格里布人可曾经历过

门既尔和敌人浴血奋战时

我们遭遇的艰险？

① 今阿拉伯半岛巴林国。
② 阿拉伯一部族。

难道我们是伊本·杏德的顺民，

理应助他熬过难关？①

塔格里布的鲜血，

已被日月的风尘埋掩，

但我们却热血沸腾不变。

就在这样的时刻，

头人来到了迈依逊②的宅院，

她在阿勒牙和欧萨③的帐篷

与头人相距不远。

这时一群凶煞似的贼寇，

恶狠狠地向他扑来，

剽悍、无畏和野蛮的气势，

像鹫鹰在天际盘旋。

头人护卫着族人的水袋和干粮，

昂首阔步，一马当先。

主的命令不可违，

歹徒的命运悲惨乖舛。

你们凭借着力量和武器的优势，

任狂妄在心中翻卷。

渴望着和他们厮杀，

一心想给他们套上俘虏的锁链。

他们并非突然进袭，

---

① 意为：我们不是阿穆鲁的属民，也不愿在他面前称臣，但是在战争中却帮助了他。你们本属他管辖，却没有为他助战。

② 女子名。

③ 两地名。

而是披着晨光出现在大河两岸。

仿佛是那迷茫的山岚，

把他们送到你们眼前。

你，阿穆鲁国王跟前的奸佞，

为何还不收起那无稽的谎言？

阿穆鲁掌握的证据有三，

证实了我们的财富和勇敢。

他不会忘记，

迈尔敦人① 高擎的战旗，

飘扬在沙砾间土地的东面。

戎马倥偬的战士拥簇着威武的盖斯②，

这位格尔兹③的头领，

像白色的山丘高地，

焕发出无比的坚强勇敢。

此时此刻，

是我们阻挡了走向阿穆鲁的灾患。

他不会忘记，

高贵自由的妇女的后代

是血气方刚的青年。

只有雪亮的盔甲，还有

寒光闪闪的长剑，

---

① 古阿拉伯部族。在门既尔和他们的战争中，白克尔人帮助了他们。
② 盖斯·本·迈尔敦，古代也门部族希木尔人国王的近亲。
③ 也门。

才能把他们阻拦。

但我们却让他们的鲜血,

像涌出皮囊的流水汩汩不断。

把他们赶上塞荷兰山的险路,

用长矛刺断大腿的筋腱。

我们的矛尖在他们的骨肉中撒欢,

仿佛晃动的水桶,

在石井内翻转。

只有全能的主,

才能知晓我们的冷酷和凶悍。

他们战死的灵魂,

没有要求把血债偿还。

随后我们又杀向侯吉尔[①]

他统帅的绿骑兵[②]威名声远。

大部队的鏖战中,

他俨然一头绛紫色的高大雄狮,

昂首阔步时,

两腿间带起阵风扑面。

每当他来到族人中间,

欢愉的声浪此起彼伏绵延不断,

犹如早春的甘霖,

洒落在感恩人的心间。

结束了同侯吉尔的激战,

[①] 指另一个敌人侯吉尔・本・乌姆、格塔姆。
[②] 骑兵队的盔甲、头盔生锈后显示了绿色。

我们又砸断了阿穆鲁·盖斯的锁链,

阿穆鲁更不会忘记,

交努人精良的装备和威力,

犹如无法撼动的一块高地,

但在他们马队扬起的烟尘中,

我们冷静安然。

当战火漫天飞舞时,

我们信心满怀,出发迎战。

当人们无法估量敌人流淌的鲜血时[①],

又是我们让门既尔和加萨尼国王[②],

重整旗鼓,奋勇作战。

我们押着九名被俘的君王

来到他们跟前。

俘虏的地位和权力,

使我们的战利品价值万贯。

时隔不久,我们又给柯米尔国王

生的权利,

因为我们和他们本有兄弟之缘,

当初,正是我们

为他父母缔结良缘。

这种亲缘告诉人们,

同血统的部族都要牢记:

[①] 用"估量敌人的血"表示杀敌报仇。
[②] 六世纪支持拜占廷的阿拉伯小王国,领有现今叙利亚、约旦、以色列部分地区。创业者哈里斯。

他们如生活在漫漫无际的荒原上，

生关死劫，休戚相关。

丢弃你的骄横

和目空一切的傲慢；

否则，顽疾将滋生，

把你们引向灾难。

牢牢记住我们双方在祖迈加兹

交付的抵押和庄严的誓言。①

我们共同协定：

警惕双方的不义和侵犯。

如今，你们有了执迷不悟的想法，

我们岂能把写下的内容改换？

在签订的条款中，

两族彼此平等，毫无偏袒。

如今，你们强迫我们代人受过，

又无理地在外面道四说三。

难道我们是替罪的羚羊，

冤屈地代羊儿把生命葬断？②

铿迪人俘获你们的属民，

---

① 祖迈加兹：地名。塔格里布和白克尔两族打了四十年战争，最后同意由希拉国王阿穆鲁进行调停。阿穆鲁在祖迈加兹接受了双方媾和的条件和交付的抵押。

② 阿拉伯人中流传的一个故事：有人向主许愿，当他有一百只羊时就宰杀一只上献给主。但有了一百只羊之后，他又舍不得了，最后宰了一只羚羊做替身。

进犯了你们的家园。

这难道是我们犯下的罪过，

要我们把责任承担？

伊牙德人作下的孽，

跟我们有何相干？

你们把罪名压上我们无辜的双肩，

如将重担往负重的驼腰上增添。

混杂的乌合之众——

盖斯、坚德勒和哈札，[①]

哪个都不是我们的族人，

他们都来自你们中间。

这里更谈不上由我们

把阿提格人的罪恶承担。

今天是你们撕毁了协议，

我们的无辜岂容玷污。

八十名台米姆人向你们进犯，

他们磨利了手中的刀剑，挥舞砍杀。

他们庞大的队伍把你们的尸骨踏碎，

狂吼着震耳欲聋的歌声，

凯旋回归自己的家园。

难道我们像哈尼法人那样作为？

在贫瘠的土地上，在荒歉之年，

集结重兵，准备进犯；

还是我们像古塔尔人那样

---

① 盖斯、坚德勒和哈札：阿拉伯部族。

残酷无情，欺压横蛮？
要知道，他们的罪行，
与我们毫不相干。
塔格里布人闯进来了，
也想抢家劫舍，满载而归，
但竟未掠到一只白羊或斑羚回还。
我们从未越过
尔扎哈人在白尔高尼塔伊的疆界。
他们也从未对我们
心存咒诅和恨怨。
最后，塔格里布人带着折断腰骨的灾难，
带着甘泉难以扑灭的仇恨回返。
紧接着，阿来格的马队又闯了进来，
他们没有丝毫的怜悯和善心，
在你们的土地上杀戮暴敛！
我们在黑奈来依尼的战场上，
表现出超人的勇敢。
伟大的阿穆鲁君王，
正是这一切最好的证见。